有五個
就註定要
單身了啊
4
啞鳴
圖・迷子燒

李家家訓

第一條　弟弟位於李家食物鏈最底層

我作了一個夢。

夢裡，把之前的惡夢再重播一次。

這時候我才赫然驚覺，有些事情並不是刻意遺忘就能夠忘得了的。

運動會結束的夜晚，跳過的那段時間，一定會成為我深埋於心底的祕密之一……

時間回到運動會之夜，當時的我天真地認為，無論任何行為都有一條界線。

比如說孩子們在玩超人對決怪獸的遊戲，擔任超人的一方是不會真的為了守護地球而把怪獸活活打死；學生之間吵架，嗆聲說要揝人火併，是不會真的找黑社會助陣，頂多是一群年輕氣盛的年輕人鬥毆完就算了。

所以元希的手下帶走四姊和五姊，也不可能真的會幹出什麼喪盡天良的事……

嗯，我原本是這麼想的，但我好像低估了她的邪惡。

運動會已經結束，不管是學生還是家長紛紛滿意地回家了。

不過我家四姊和五姊卻失去行蹤。

在夜幕低垂的校園內，彷彿全世界僅剩我一人，面對廣大的校地感到無力，這令我想起當初紫霞也是在這片區域到處張貼抹黑我跟四姊的海報，可是當時還有小夢幫我，如今……一陣孤獨感襲來，竟然在夏天感到冷意。

我大致找過，完全沒發現四姊和五姊的蹤影，該死的是，不少間教室或辦公室都已經上鎖，我沒有辦法徹底搜索。

於是我等待，等一通電話。

果然沒讓我等太久，元希託雲逸交給我的手機響起。

「I want to play a game.」

「要玩遊戲，我陪妳，但不要再模仿《奪魂鋸》的人偶說話了。」

「你真的以為，高中三年的心血被李玄玲毀去，我還有心情說笑嗎？」

元希沒有透過變聲器說話，可是那語氣空洞到似乎換了一個人，讓我緊握手機的手開始輕顫。

「創社社長創立戀鬥社，你知道這些年來，我們幫助過多少原本註定要孤單到畢業的人嗎？你知道一個孤單的人有多痛苦嗎？我們只不過是想擁有多一點的溫柔、得到更多一點的關注這樣錯了嗎？難道我們連交男女朋友的資格都被剝奪了嗎？你們李家真的認為我白元希好欺負不會反抗不會反擊只能默默接受戀鬥社被毀掉的現實然後辜負所有人的期待而沒任何表示的話那你們就錯了真的錯了大錯特錯了我一定要讓你們生不如死一個一個後悔曾經背叛戀鬥社！」

「……」我的鬢邊流下一滴冷汗。

她一大口氣吼完，我們沒有說話，聽筒中只剩下她如惡犬嘶喘的憤怒呼吸聲。

我的神經完全緊繃，開始擔心她在歇斯底里的狀態，會不會真的傷害四姊和五姊，畢竟元希有錢有勢有人，要是不顧一切，後果難料。

三姊雖然看穿她的陰謀，但是沒看透她這個人。

元希休息片刻，又再度開口：「原本我帶走李金玲和李香玲只不過是想要脅你，不准在男子八百公尺的比賽勝出，但李玄玲自以為是，呵呵呵……我就要你承擔所有責任。」

她又恨又笑的口吻讓我更加憂慮。

「好，我來承擔，讓我四姊和五姊回家，我陪妳玩，多久都行。」

「那我們就一起快樂地玩吧！」元希似笑非笑地說：「只要你成功過關我的遊戲，她們就能夠平安回家喔。」

「……」看來戀鬥社毀掉讓她深受打擊，光是用聽的，就能知道她完全沒有當初見面時穩重大方的風采，現在就只是個失去心愛之物而逐漸瘋癲的人。

「之前是不是有跟你說過，我調查過你，蒐集了關於你的告白數據，所以你每個告白對象我都瞭若指掌，有吧？我有說過吧？」

「對。」

「那就太好了，我就不用多費唇舌解釋，現在，請你聽好，我要說遊戲規則了——」

不知道為什麼，她的語調依然是飄忽不定，可是我聽到「遊戲規則」這四個字，腦袋裡的虛擬警示燈立刻大叫，直覺告訴我，現在的狀況會很麻煩。

「根據戀鬥社的分析，我綁走對你而言最重要的女人們，她們現在被我藏在學校內的三個祕密地點，你可以去拯救她們。」元希機械化地誦念規則，像是在看小抄。

站在聖德高中大門口的我一臉無奈地問：「所以我要去找？這是躲貓貓遊戲？」

「不是，我對躲貓貓沒興趣。現在你給我聽好，三個祕密地點分別是『校長室』、『地下合作社』、『保健室』。」

「所以我可以出發去救她們……欸，等等，三個祕密地點？」

「當然，因為你心中最重要的女人一共有三位啊。」

我開始口乾舌燥，因為我似乎弄懂元希到底想玩什麼遊戲了，難怪小夢一直認為有人在暗中窺視她，所以是元希……不，所以是戀鬥社搞的鬼，調查過我心儀的人。

「李金玲、李香玲和徐心夢……我沒說錯吧。」

「……」我已經連半句話都說不出來。

「為了降低難度，我甚至可以大發慈悲地告訴你，李金玲在校長室、李香玲在地下合作社、徐心夢在保健室，呵呵……」元希激動地連聲音都在發抖。

我仰起頭，無語，看著已經黯淡無光的天幕，等待她即將說出的下一句話。

「你有兩分鐘的時間，能夠選擇要去救誰，兩分鐘一到，其餘兩位你不在乎的可憐女人將會享受『永生難忘的惡夢』，所以請你務必認真選擇啊！哈哈……哈哈哈哈哈哈！」

元希彷彿大仇得報，原本的怒火統統化成笑意，一聲又一聲地發洩在我身上。

「抱歉……對不起，兩分鐘真的太短了……能不能多五分鐘，不用，多三分鐘就好，拜託。」我需要拖延時間讓大腦思考。

「不要。」

「……請看在我曾經是妳乾弟的分上幫幫忙，以後妳要我怎樣都可以，真的，我保證。」要不是因為要隨時準備起跑，我的雙腳早就跪下了吧。

「乾弟？你在背叛我的時候怎麼不說？李玄玲在破壞戀鬥社的當下怎麼不說？」元希厲聲道。

「我願意道歉，我也可以替三姊道歉，對不起，我願意彌補錯誤。」什麼都可以，只要能讓她停下。

「反正，你有一百二十秒，如果你要花時間去請教李玄玲，或者是證明我在說謊都可以，反正你只有一百二十秒，剛好可以拯救一人。」

「不是，這太強人所難，請給我多一點的時間，多一分鐘就好，只要一分鐘……」

「再見，祝你找到真愛，現在你還有一百一十九秒。」

通話結束。

我對著斷線的話筒張大嘴巴，試圖吶喊些什麼，卻發不出任何聲音，像是有人掐住我的脖子。

我在跑。

我在想。

四姊在校長室。

五姊在地下合作社。

徐心夢在保健室。

這一定是設計好的，元希很有耐心地等我走到校門口才打電話，這三個地點都剛好離這有兩分鐘的路程，不管我多努力跑，只能救一個，這個遊戲內含滿滿的惡意。

從來沒想過，「某某某和某某某同時掉進海裡，你會先救誰」的無聊問題會殘酷得現實化，無法避免地橫亙在我面前。

我不知道元希口中「永生難忘的惡夢」是什麼鬼，我不想知道，更不願意看見「永生難忘的惡夢」降臨在四姊、五姊和小夢的身上，但我又沒有超能力拯救所有人。

原本校內還有零星的路人，可是現在統統不知道跑去哪了，元希一定在校內的大樓某處偷偷觀察我，然後享受我有如驚弓之鳥的糗樣。

我還是在跑。

我還是在想。

不過大腦卻不斷避免去思考要是她們三人受到任何傷害，或者我要永遠失去他們的情況，哪怕是閃過一個虛構和假設的畫面，我所假裝的冷靜狀態都將會被徹底打破。三姊無數次告誡我，沒有冷靜、沒有機會，所以我現在努力維持沉著，卻也已經用掉全部的力氣。

選擇向來是最輕鬆又最煎熬的事，輕鬆是指選擇不過一念之間，煎熬是指選擇後所要面對的後果。

面對元希設計的遊戲，假如我有一點猶豫，把時間浪費在找人幫忙或是請教三姊的話，那就輸定了。短短兩分鐘的時間，要是我婆婆媽媽，就會連一個人都救不到，全盤皆輸，再也無法挽回。

元希設下的陷阱，就是希望我不知所措。

所以我沒空崩潰、沒空左右為難。

雙腳遵循腦袋發出的第一道指令，當我知道有三個選項時，做出的第一時間的選擇。

不能後悔，在這個時刻我不能讓自己以後會後悔。

我看一眼手機，時間已經用掉八十幾秒。

還好我跑得夠快，現在站在門前。

之前明明有鎖的門，卻被我順利打開。

「我來了！現在還有兩個人要救，時間不多，一起幫忙吧！」

我壯膽似的大喊，可是沒有任何人回應。

裡頭漆黑一片，我趕緊摸索牆面，成功找到開關按下，讓光芒遍布整個視線所及之處。

有兩張椅子。

一張空的。

一張有人。

她穿著聖德高中的女生制服，裙襬服貼在一雙潔白的大腿上，適中的襯衫平順到沒有半點褶痕，光滑的長髮如瀑布流瀉在她的胸前，有如寶石般的整排名貴髮夾讓髮絲沒有任何雜亂。

對……在椅子上的人是白元希，不是四姊、不是五姊、不是小夢。

一百二十秒的時間在我的錯愕之中結束。

我想，我終究還是輸了吧。

「果然……和我預測的一樣，你會選擇誰，完全在我的掌握之中呀。」元希依然是那麼雍容華貴，彷彿剛剛在電話中的瘋女人只不過是我虛構出的妄想。

我不發一語地坐在另外一張空椅上，臉部肌肉癱瘓，哭笑不得。

「我早就說過，戀鬥社一定會替你找出心儀的對象，既然你搖擺不定，那我就推你一把。」元希伸手撫摸我的臉頰，「你看，結果不是出來了嗎？」

「……那、那她們呢？」我累到連撥開她的手都沒辦法。

「回家了。」元希從口袋拿出我先前為了跑八百公尺，放在教室座位抽屜沒帶的手機，「這次是我快一步，李玄玲應該已經在搭車來找你的路途中了。」

「所以沒有綁架，沒有永生難忘的惡夢，沒有因為戀鬥社被毀崩潰的社長？」

「統統沒有，不過我知道戀鬥社被公開時，我有哭泣，覺得對不起創社社長。」她一如往常地輕笑，「戀鬥社又不是什麼恐怖組織，我又不是什麼壞蛋，怎麼可能做出違法的事呢？」

「那我四姊和五姊怎麼會消失，讓我誤以為……」

「因為我請墨花約她們去餐廳吃飯順便討論『弟弟使用權利與責任歸屬』的問題，她們就氣呼呼地上鉤了，墨花又和她們亂聊了兩個小時，只是從頭到尾我都沒出現，對於爽約的行徑，請轉告她們，我深感抱歉。」

「拜託，弟弟的使用權利？我姊姊又不是小孩子，會跟妳討論這種無聊的問題？況且三姊也會透過電話提醒她們啊。」

「難道你不知道，她們只要一遇見你的事，瞬間就會變成笨蛋嗎？還有，讓她們手機關機是什麼困難的事嗎？」

「……也對。」我將身子靠在椅背，頹廢地再問：「我還是不懂，鬧這麼大，連戀鬥社都沒了，妳到底想得到什麼？」

「戀鬥社消失，但精神不滅，或許你是我們執行的最後一個計畫，但至少也逼你面對了自己的心意，做出最終的選擇，兩相權衡之下，我雖遺憾，但不後悔。」元希無喜無悲地說。

「妳不覺得，逼迫別人面對原本不想面對的抉擇，是一件很邪惡的事嗎？」

「我從沒說過，我是個好人。」她一副理所當然的模樣，彷彿我說的話很可笑，

「所謂患難見真情，你要不是處於絕境之中，又怎麼能明白隱藏在內心深處的心意呢？」

「好……就算我被妳完全猜透了，妳也用詳細的計畫和強大的執行力證明妳的猜測無誤，這對妳而言，到底有什麼好處？我還是不懂啊……」

「我享受中間的過程……」元希說到一半，瞇起雙眼，「面對你們姊弟，太好玩了。」

「太好玩？」這個答案令我意外。

她雪白的頸間隱隱冒出幾條青筋，忽然放慢說話速度，「沒錯，尤其是李玄玲將戀鬥社摧毀的剎那，對……那個剎那，我感到……前所未有的興奮！」

我與她面對面坐著，此刻能感受到她正在壓抑某種原本已經控制住的激烈情緒。

早知道就該聽三姊的話，絕對不能被元希牽著鼻子走，要是我在幾分鐘前，不管三七二十一掛掉電話搭車回家，那根本就沒有後續這些事。

好可怕。

我終於漸漸懂了，為什麼三姊說是二姊極力推薦元希擔任社長。

因為二姊早就知道元希的本質，情願讓她把注意力都留在戀鬥社，也不願意放

她出來……**肆虐**。

戀鬥社每一個目標對她來說都是一個遊戲副本，元希在現實的生活中到處攻略，整面的退社申請就是她的成就勳章，社員就是她的得力部下，校園就是她的遊戲世界啊。

將元希的惡用在善的方面，這真的是二姊那個色情笨蛋想出來的法子嗎？我很矛盾。

「臉色鐵青，你在想什麼呢？」元希用冷漠的表情，說出關心的語氣。

「我有一件事想拜託妳。」

「可以，但是你要承認是我贏了。」

「……贏？」

「我給你三個地點各代表三個人，我能夠提前知道你的選擇，比你早坐在這裡。」元希改變姿勢，讓雙腳交疊，一手秀氣地按在裙子上，「連你心底的祕密都被我活生生給猜出來，我還不算贏？難不成你還想再玩？」

「對，是妳贏了。」我垂下頭，真的有如喪家之犬。

「嗯，那我也替你保守祕密。」

「……」我失魂落魄地說：「雖然妳已經猜到，但是我還是要強調一次，請不要把我的選擇告訴任何人。」

「放心吧，我很喜歡弟弟與姊姊之間有一個只有兩人知道的祕密，那種感覺……嗯……該怎麼說呢？就是一種特殊的牽絆吧。」她站了起來，拍拍我的肩膀，笑道：「況且，要是讓另外兩位女生知道，你沒選擇救她們，那真是太傷人了，不是嗎？」

一想到她們會因為我的選擇而難過，我的腦袋就變成一團爛泥，已經快喪失語言表達能力。

「其實我也不想讓你討厭我，只不過一看見你可愛又扭曲的臉孔，我就無法抑止地想玩弄你啊……」

元希以勝利者的姿態離開。

我彷彿躲在迷宮最深處的魔王，被玩家扮演的勇者找上門來狠狠揍了一頓，也不敢吭聲，只能乖乖地噴出寶物，希望勇者快點走，放過我一馬。

「慘。」我說。

我有如行屍走肉。

拖著沉重的步伐走出學校，聽元希說三姊可能會來找我，所以我只能用最快的速度恢復原狀，調整像是活屍般的表情和動作。

其實仔細想想，我沒有損失什麼，四姊、五姊、小夢都平安無事，元希實際上也只不過是設局欺騙我，並沒有傷害任何人。

戀門社毀了，四姊和五姊終於如願退社，小夢沒被牽連，元希也滿足勝利的欲望，縱使過程中有波折，最後也只是虛驚一場，這不正是最完美的結局嗎？

我走出校門，不自覺地苦笑，心中那股不停竄出的不甘是怎麼回事？

「嘿！」

在通往公車站的路上，忽然有人喊住我。

我就跟活屍一樣，笨拙地轉過頭，尋找聲音來源。

一道熟悉的身影映入我濁白的視網膜，這……這是宇宙主宰派來撫慰我的天使嗎？還是進入活屍化前的幻覺？

「小、小夢……妳怎麼在這？」

「我來找你啊。」

小夢還是一樣充滿活力，那灑脫又純粹的笑容，是我一輩子都沒資格擁有的東西。

「找我？為什麼……」

「說也奇怪，學聯會突然派人找我，問我要不要打工，說是緊急事件，時薪是外面的三倍，但我的工作就是在學校附近的麥當勞抄寫聯絡資料，這不是用電腦複製貼上就好的工作，幹麼花錢請我用手抄？」

面對小夢的疑問，我知道答案，就是元希怕我聯絡到她，所以要布置成小夢被綁架的假象，想必她的手機也「恰好」關機了吧。

她繼續對我說：「後來我不小心在麥當勞窗邊看見崔墨花經過，就突然想到，之前你不是性騷擾……啊不，是和她起糾紛還鬧到跳河嗎？再加上運動會的插曲，你的姊姊不是公開那個叫什麼戀、戀鬥社的神祕社團。哎呀，我也不知道，反正種種因素加在一塊，直覺告訴我，你是不是遇上什麼麻煩了。」

「只因為這樣，妳就能聯想到我有麻煩？」女人真是可怕……

小夢不好意思地紅了臉，低聲道：「主要是因為，我怕你又去跳河啊，上次真是嚇死我了，我幾次想去醫院探望你，不過居然打聽不到你住在哪間醫院。」

我是個罪人啊，竟然讓小夢因為這件事對我感到不好意思。

「沒關係，我死不了。」

「還有，在更之前，我請同學不要欺負你，可是他們根本不理我……抱歉了。」

「我知道。」成為全校公敵的日子裡，小夢默默幫我很多忙，我當然知道。

她看起來還沒回家，身上仍是聖德的運動服，肩膀掛著書包，精緻的五官藏不住累了一天的倦意，唉……一想到她代表我們班去比羽毛球，而我連去加油都沒，真的連當她的朋友都不夠資格。

「雖然應該是我胡思亂想，不過……狂龍，你還好嗎？」小夢抓抓自己有點凌亂的髮絲，很關心地問。

「還好。」我說完，往前跨出一步，伸出雙手抱住她。

「……你真的還好嗎？」小夢有點慌張，可是沒踹我。

「借我抱一會，一分鐘就好。」我放鬆地將下巴靠在她的肩上──不熱，卻好暖。

「朋友間的抱抱可以，但你如果有壞念頭就不可以。」我聽得出來她輕輕的笑意。

緩緩閉起雙眼，我微笑道：「我累到，連想色色的事都沒辦法了。」

小夢原本懸盪的雙臂也環抱住我，「你知道運動會有一天補假嗎？」

「知道。」

「所以禮拜六、日、一都放假喔。」

「嗯。」

「嗯你個鬼啊！」小夢上一秒還溫柔地抱我，下一秒右拳的腎臟攻擊讓我發出「呃」的一聲，「都暗示這麼明顯了，你還不主動約我喔，難道還要我說『親愛的狂龍，既然需要放鬆，那一起去泡溫泉好了』？我好可憐！」

「……我、我也可以去嗎？」我離開她軟綿綿的身體，湊近臉地問。

「你要是沒有壞念頭，我就帶你去。」小夢雙手扠腰，手姿颯爽。

「我、我現在就回家準備行李，明天約幾點？」

「不用先問你姊姊嗎？」不知道是不是我的錯覺，小夢問這個問題的同時，身子稍稍退縮了點。

「不用問，我都要十八歲了。」我略顯焦慮地來回走了幾步，最後下定決心地問：「妳能不能跟我回家一趟？」

「為什麼？」

「不知道，反正有妳在，我似乎比較有力氣。」

「狂龍，你真的好任性喔。」

「抱歉，是有點。」

小夢用力一巴掌打在我的後背，旋即用她的燦爛笑容說：「說走就走吧！不趁現在任性一點，以後就沒有機會了啊！」

我笑了，打從內心深處地笑了。

小夢是天使啊。

「喂！懶豬起床了啊！」

一個枕頭打在我的臉上，我慵懶地將枕頭拍掉，翻過身去繼續補眠。

「你還真的不打算醒喔，我們是來玩的，不是來睡覺的啊！」

不要在這個時候吵我，拜託……我才從惡夢走出來，剛剛碰到淘氣又可愛的天使而已，我不想醒……誰都不准叫醒我……

「起來！起來！」

「五姊……再睡五分鐘……就好……」我累到連說話都吐出滿滿的倦意。

「……你叫我什麼？」

「嗯？」

不對！這不是五姊的聲音啊！

就彷彿手指插進插座，一股電流讓我連滾帶爬地起床，因為畏光所以半瞇起的雙眼，很清楚地看見站在床邊的女生不是五姊——而是小夢！

「早、早安……」我尷尬地笑。

「十一點了，不早了！」小夢不滿地雙手抱胸，氣勢凌人。

「是，我馬上刷牙換衣服。」我再度連滾帶爬地進入廁所。

不可思議的衝突感在我體內每一個細胞中亂竄，我趕緊坐在馬桶上，試圖減緩一些暈眩，沒想到我真的和小夢在外頭共度了一個夜晚，這劇情未免也太跳躍了吧？我完全跟不上啊。

我迫切需要劇情回顧。

昨天晚上，我被元希折磨到活屍化，在校門前巧遇小夢，兩人相約要趁補假出來旅行，然後我們馬不停蹄地回到家，於三姊房內發現從日本歸來的二姊以及……以及……以及……

「唷學姊……」

我雙手抱頭，無聲地吶喊。

沒錯，我生活十幾年的家鬧鬼啦！所以和二姊打完招呼後，我立刻收拾行李，趁所有姊姊不注意的時候，和小夢一起離家逃命。再到小夢家拿好她的旅行包，兩個人搭夜車直衝宜蘭。

到達宜蘭已經很晚了，我們在街上遊盪，看見旅館就進去問問，結果觀光景點人滿為患，找了好幾間都說沒有房間，最後在兩個人打算去睡公園之際，小夢終於透過手機查到附近有間飯店有空房。

我們像無頭蒼蠅般在宜蘭礁溪的街頭奔跑，終於找到有空房的飯店，但不幸的是，他們只剩下一間家族式的團體套房，三房一廳的規格，很頂級、很舒適，不過價格不便宜。

在小夢從包包拿出鈔票之前，我搶先一步取出大姊「借」我的信用卡附卡，這原本是給我在緊急時刻使用——現在家裡鬧鬼絕對算是緊急時刻了吧！

暫時休息一晚，今天應該是邊玩邊找平價旅館……不對，小夢就在外面，我還在擔心這些小事到底要幹麼啊，我是第一次和非姊姊的女性出外過夜，這、這這……好大膽。

果然人被逼到極限，才會激發出超越極限的恥力。

「狂龍先生，雖然我不想催你，但是我依然要善意地提醒，已經快要到吃中餐的時間嚕。」門外的小夢顯然沒半點善意。

我趕緊進入刷牙洗臉的程序，只過了三十秒，就已經容光煥發地站在房間內，看著正在準備包包的小夢，仍不敢相信眼前的畫面，當真如夢似幻啊。

小夢很早就起床了，看她綁好馬尾，一身青春洋溢的單寧藍色小洋裝，束起的綁帶襯托出她的腰身，不高的身材但比例很好，有腰有腿有胸有臉，該有的都有，對我而言簡直堪稱絕景。

小夢也許不是校花級的人物，我卻覺得她是聖德最美的女生。

「你還在發呆？」小夢坐在床邊，將相機掛在胸前，正準備穿上馬靴，「還有，你不要一直穿著四角褲亂晃啦！好歹我也是女生啊！」

我低頭一看，下半身居然真的只有一件四角褲，我完全不記得為什麼脫掉外褲。

「當初說好了喔，你不准對我有任何壞念頭，要不然我的防狼噴霧器隨時會整肅性犯罪者。」

「我馬上穿。」

對，昨天我們是分房睡的，畢竟這麼大一間家族式的團體套房，沒道理兩個人會擠在一張床嘛，所以我一定沒有做出什麼逾矩的事，消失的褲子只不過是意外而已。

我環視四周，沒有看到任何像是褲子的蹤跡，後來才在棉被內找到。

就在這尷尬的時刻，房門的門鈴響了。

小夢走去應門，沒好氣地說：「都是你啦，人家來催我們退房了。」

「等我，先讓我穿上……」

我一隻腳踩進褲管內，另一隻腳還懸空著。

然後只見打開門的小夢怯生生地退後兩步。

用高八度的語調招呼。

「妳們……不對，是姊姊們好。」

嗯？

姊姊們好？

小夢剛剛是不是說「姊姊們好」？

「靠北啊！」我要走到房門去看，卻忘記褲子沒穿好，立刻滑稽地摔倒在地上，今早第三次連滾帶爬。

雖然是用半癱的姿勢，不過我依然能夠很清楚此時站在小夢面前的五位女性，真的是我家的姊姊們沒錯，姑且不論三姊已經封閉自己多久，光是二姊在大姊身後露出意味深遠的笑容，就代表李家五位姊姊一同出門的罕見場面真實發生。

「龍龍，你的褲子！」五姊漲紅著臉。

「噁心！變態！淫蟲！」四姊漲紅著臉。

「……」三姊漲紅著臉。

說也奇怪，平時我在家光溜溜到處跑，也不見她們大驚小怪，怎麼現在我只不過是褲子沒穿好而已，就能氣成這樣子。

不對！我的褲子才不是重點啊！

重點是她們為什麼會出現在這吧！

馬上將褲子穿好，我終於能夠站在姊姊們面前，忽然一陣令人窒息的壓迫感襲來，我已經分不出是來自大姊或是三姊。

「弟弟，好巧。」大姊親切地笑了，「剛好她們吵著要出來玩，所以我就開車帶她們來礁溪了。」

是真的很親切，不是笑裡藏刀的笑容，因為我手上的雞皮疙瘩都沒冒出就能證明。

「是、是很巧。」巧個屁啊，怎麼可能。

「弟弟昨天不告而別，該不會是要離家出走吧？」大姊問，拍拍我的肩。

「只是出來放、放鬆而已……」

「嗯。」

大姊輕輕應了聲，收回視線，落在小夢身上，禮貌地詢問：「小夢同學，我有一個困難需要妳的幫助，願意幫我嗎？」

「沒問題。」小夢點點頭。

「因為假日的關係，我又帶著一群人，所以一時之間找不到下榻的飯店，不知道妳願不願意收留我們？」大姊緩緩地說，就像跟平輩諮詢一樣。

「我沒意見，出來玩，當然是人越多越好。」小夢不亢不卑地說：「不過房間的費用是狂龍出的，我也是寄人籬下而已。」

「弟弟……你怎麼說？」大姊掃了我一眼，某種無形的氣場一張一收。

我差點雙腿跪下，苦著臉說：「歡迎光臨……礁溪。」

「嗯，好乖。」大姊摸摸我的頭。

沒想到好幾年都沒舉辦過的家族旅行……會在這種情況下形成。

哭笑不得，就是我此刻唯一的感想。

還順便學到一件事，就是千萬不要用附卡付房錢，因為會被正卡的使用者查詢交易紀錄。

我有一點困惑。

在我眼前產生的變化。

原本直喊著要出去玩的小夢，正在我睡覺的床上和大姊研究手中的相機，兩個人像是他鄉遇故知般，有說有笑地閒聊。

二姊則化身大野狼，抓住四姊和五姊這兩頭小羊，進到浴室內的溫泉浴缸，裡面傳出陣陣的嬌喘怪聲，我完全不想去追究到底發生什麼事。

倒是三姊很久沒出遠門，她保持在發呆和清醒之間，坐在電視機前面，毫無目的地用遙控器隨意轉臺。

我坐在三姊身邊，拿過她手中的遙控器，將禁音的電視機關掉，柔聲問：「還不習慣出門嗎？」

「是啊……唉。」三姊皺起好看的眉。

「真不習慣的話，妳就該待在家裡，一下子衝到宜蘭，未免太激烈了一點。」

「是二姊夥同大姊，硬生生將我從房間拖出來的。」三姊哀怨地抿起脣，楚楚可憐地看我一眼，「我終於知道寄居蟹被人從殼裡硬拔出來的苦痛了。」

好微妙的比喻，我笑了。

「你還笑，要不是你離家出走，讓大姊激動到完全沒平時沉穩的樣子，她、她才不會這樣對我，而且你在家的話，就能幫我抵抗她們的魔爪了啊。」三姊用手肘撞我的腰。

我的臉一黑，不安道：「別怪我，要怪就怪……唷學姊，我一想到家裡鬧鬼，就連半秒鐘都待不下去。」

「她離開了……」三姊神情複雜地說。

「離開還會再出現，神出鬼沒才是幽靈呀。」我還是很緊張。

「不會了，至少不會在我們家出現，因為三姊跟她大吵一架，一人一鬼絕交了……」三姊用很遺憾的語氣，像是錯失一位好朋友。

我永遠都沒辦法接受跟鬼當朋友這種事，欲哭無淚地說：「雖然很可怕，不過還是把所有事情都告訴我，妳不能出門的原因，也一定和唷學姊有關吧。」

三姊詫異地轉頭看我。

我是怕鬼沒錯，但不是笨蛋好嗎？能用暴力讓三姊出門，那大姊早就使用了，一定是有什麼重大的轉折發生……對了，還有一個關鍵，就是「三姊的男朋友」啊。

正想開口繼續追問，浴室的門卻正好打開，從煙霧繚繞的灰白中，走出全身溼答答的李家瘟神，用她一雙漂亮但又不懷好意的雙眼打量房間內的四個人。

一旁的三姊悄悄揪起我的袖子。

二姊一身火辣的細繩比基尼，皮膚上的水珠不斷因為地心引力的關係滑落，周身蒸起的熱氣漸漸開始消散，溼透的髮絲黏貼在小輸五姊的胸部上緣；她舔舐著自己的唇瓣，宛若在餐廳挑選自己的中餐。

最後她放過我和三姊，用無聲的步伐走向專注聊天的大姊跟小夢。

「原來如此，我最近想玩相機，但又不是很懂，所以對新手來說，妳會建議我買……」

大姊的話說到一半……

突生異變！

竟然有一雙手從後方按住胸部，想當然手是二姊的，胸部是大姊的。

「大姊～陪人家玩嘛～～」二姊奶聲撒嬌，「四妹和五妹一下就被玩壞了。」

「亞玲呀，是沒看到我正在跟小夢講正經事嗎？」大姊連眼皮都沒抬。

「這哪算什麼正經事？大姊的奶奶都沒長大才是嚴重的問題啊。」

「妳是嫌手指頭太多根，想斷幾隻試試看嗎？」

「大姊才不捨得弄斷人家隨時可以探索出敏感帶的手……**啊啊啊啊啊啊啊！**」

二姊像是被雷劈到，按住自己的手指頭，不停在床鋪上打滾，這整起事件告訴我，白目跟找死只是一線之隔，尤其是對大姊白目，便跟找死劃上等號。

痛完的二姊眼眶含淚，雖然知道大姊手下留情，只不過是輕輕折了一下，但她還是不甘願地大罵：「大姊是暴力狂！只會欺負妹妹！」

說完還用枕頭扔向大姊。

不過值得慶幸的是，大姊顯然還沉浸在相機當中，面對飛來的枕頭，隨意抬手撥開，沒有再懲戒二姊。

在大姊身上討不到好果子吃的二姊，漸漸將視線轉移到……我和三姊。

猶如猛禽鎖定了獵物，恨不得將我們拆解入腹。

我擋在三姊前面，乾澀地吞下一口口水。

「三妹和弟迪，我們一起去泡溫泉吧。」

巨大的陰影終於揮舞著魔爪，將我們拉扯進地底的深淵。

其實深淵超乎我想像的舒服。

我和二姊、三姊繞成一圈，泡在冒出濃濃白煙的室內溫泉，現在的飯店設備很棒，不必去擠公共池，只要是某種等級以上的套房就有溫泉可泡。

不過剛剛才將全身虛脫的四姊和五姊背出去休息，所以我沒鬆懈，擁有雙重人格的二姊，向來翻臉比超音速戰鬥機還快。

而大姊和小夢已經出門實際拍攝，很顯然小夢有了同好就不會鳥我，大姊有了同好就不會理弟弟……唉，其實這樣也好，要是讓小夢看見我在姊姊們面前的窩囊樣，說不定真的認為我是個懦弱無能的男人。

況且，讓小夢待在大姊身邊，大概是最安全的地方吧。

我將身體整個下沉，呼出的二氧化碳全部變成一顆又一顆的氣泡，啵啵啵啵啵啵啵……

「為什麼弟迪見到人家，就一副見到鬼的模樣？」二姊浮了過來，靠著我的手臂坐下，對面就只剩三姊一人。

「……我是拿妳沒輒吧。」

「怎麼會……弟迪長大這麼多，一下子就能征服我了啊。」

古人說的紅顏禍水、禍國殃民大概就是說二姊這種女生吧，從小到大最有人氣的姊姊就是她，每次情人節我光是吃她收到的巧克力就能胖三公斤，更別說在她出國留學之前，和男生約會都要拖我去，所以看的電影、吃的大餐，老實講，還真是不少。

二姊很照顧我，但是她面對外人那種嬌滴滴的模樣，卻從沒在家裡出現過，當她是李亞玲時，輕聲細語、彬彬有禮；當她變成二姊時，淫亂色情、毛手毛腳。

我不只一次問過她，在家的表現也跟在外面一樣不就好了，這樣大姊抓狂的次數就會少上許多。

可是她總說，「在外要偽裝自己已經夠累了，唯獨面對家人我不想戴上面具」，很正經地說完之後，我還在反覆咀嚼這段話背後的含意，二姊就已經使出撩陰腳，試圖要挑逗我的……

算了，越想越糟糕。

「我不要被妳吞掉就阿彌陀佛了。」我回過神來，面露微笑。

「弟迪最好吃了呀～」二姊說完，舔了下我的肩膀。

我打了個冷顫，立刻想到剛剛四姊和五姊被吃乾榨盡的模樣，心底升起一股不妙的預感，在大浴缸的煙霧瀰漫中，當我察覺到水流不正常的波動時已經來不及了，一雙如章魚觸腳的手纏住我的脖子，企圖在我的身體找尋某種特殊地帶。

「男人的敏感帶最好找了……」二姊如鬼魅般在我耳邊低語。

「姊姊就是姊姊，我才不可能有、有什麼反應。」我在心中默背九九乘法表。

二二二、二二四、二三六、二四八……二五，好軟，二姊的胸部為什麼一直擠過來，二五十二、二六十四，可惡，我的身體逐漸僵硬起來，剛剛已經數到哪了……

「弟迪看人家嘛。」二姊轉過來到我的面前，雙手依然摟著我的脖子，我們面對面距離只有十五公分，熱水蒸出的煙讓我開始感到燥熱。

「四姊和五姊的裸體我都看過，二姊根本……根本不算什麼……」我堅定意志，但一低頭看見那兩團乳白色的嫩肉被包覆在兩塊小小的布料中隨波逐流，我馬上閉上雙眼。

「既然你討厭我，那你幹麼不敢看人家？」二姊嬌嗔。

我想逃了，但是不敢碰到眼前的身體，只好求饒道：「二姊，我收回剛剛的話，還是請妳放過我吧。」

「幹麼說得我好像在欺負你？」二姊鼓起雙頰，眼波閃爍淚光，委屈地說：「我明明是想把自己擁有的一切都給弟迪呀。」

「我、我……這就不用了。」再不逃，事態會一發不可收拾，在二姊的哀怨語氣和性感誘人的胴體夾擊之下，我撐不了多久。

「二姊！不要再騷擾弟弟！」穿著一套連身泳衣的三姊終於看不下去，撥開水面朝我們走來。

「哎唷，玄玲吃醋了欸。」

「我只是看不下去妳的行為而已。」

「妳就愛聞弟弟的味道，難道我就不能嘗嘗看嗎？」

這句話瞬間鑄成利刃插進三姊的心窩，一向以冷靜聰慧著稱的她，除了滿臉通紅之外，竟然沒任何反應。

這就是李家的食物鏈嗎？真的是太可怕了！

「還有，妳都交男朋友了，幹麼還要跟人家搶弟迪呢？玄玲好貪心喔。」

三姊再次中箭，氣到渾身顫抖，嚷嚷道：「我們早就分手了，二姊不要亂講！」

咦？所以二姊也知道，我好奇地問：「所以到底是什麼時候的事？」

「就是玄玲高三……唔唔唔唔……」二姊嬌豔欲滴的脣被使勁撲過來的三姊按住。

這對個性有如天壤之別的姊妹感情果然非常好吶，好到我不敢靠近，慢慢地移動位置，深怕被颱風尾掃到。

她們之間很快就分出勝負，大自然中的食物鏈果然是無法逆轉的存在，二姊輕鬆地從後環抱住三姊，任憑三姊如何掙扎都沒有意義，彷彿飛蟲誤闖蛛網，只能等著被吃掉。

二姊的食指輕輕劃過三姊的鎖骨，在雪白的皮膚上印出一條細細的紅線，最後再用很慢很慢的速度向下劃過乳溝，好險三姊不是穿比基尼，要不然九成會曝光。

「不、不要……二姊，不要……」三姊無力地掙扎幾下，完全不能改變局面，二姊的惡魔手指一直在三姊的胸部附近游移，弄得受害者在水中的大腿夾緊，不停地擺動摩擦。

她整自己弟妹的手段果然更加精進，在我感嘆之間……眼睜睜看著二姊的魔爪突然猛力地握住三姊的右乳。

二姊的特長就是讓人舒服得很痛苦，會感到異常的羞恥啊！

「不行！」三姊欲哭無淚地求援，和路邊餓了好幾天的流浪狗一樣可憐，「弟弟……救我……」

我雙手高舉，忘恩負義地說：「三姊，妳就安心地去吧。」

二姊再銜住三姊耳垂，口齒不清地讚美，「玄玲也好好吃。」

三姊彷彿芭比娃娃被二姊逗弄的畫面實在太香豔……不是，是太殘酷，我撇過頭去不願意再看，心中默默替受害者祈禱，希望痛苦能夠早點過去；當命運無法抵抗的時刻，也只能選擇享受了。

「弟迪。」二姊忽然喊我。

「幹、幹麼？」我頭腦內建的警報器大響。

「和我一起組隊，去吃掉其他人吧。」二姊邪笑，豔麗中暗藏陰謀的氣味。

「我不能跟妳同流合汙。」

「所以你也想成為被我吃掉的人？」

「二姊，我們該從誰開始？」

「嗯……再讓我想一想。」

好，妳慢慢想吧，最好是永遠想不出來，我正準備爬出溫泉池，讓二姊和三姊好好培養感情，可是耳邊突然冒出一句話——一句我永遠想像不到的話。

三姊抓住二姊亂來的手，終於搏得一絲喘息的空檔，她急促地開口道：「弟弟有祕密沒告訴我們……」

「……」我單腳才跨出浴缸，卻整個人凍結。

「絕對是一個天大的祕密，從弟弟偷偷離家出走，就能夠看得出來……二姊、二姊……妳的目標不應該是我……」三姊竟然在短短的幾十秒內倒打我一耙，報復我剛剛見死不救。

居然忘了，李家的食物鏈中，我是最底層的生物，就跟藍綠藻差不多啊！

現在，陷入進退兩難的窘境，要是我假裝不以為意，她們會認為我在強自忍耐，坐實隱藏祕密的罪行；要是我極力辯駁，她們會認為我惱羞成怒，再度證明我隱藏了不可告人的祕密。

左右都是死啊！

真的沒有生路了嗎？

不！

「我承認，心裡的確有祕密，但是不管妳們怎麼威脅、利誘，我絕對絕對不會說的！」

「那……色誘呢？」二姊對我眨眨眼睛。

「一樣！」

我要自己開拓出一條生路，這是藍綠藻的逆襲！

二姊放開三姊，甜甜地對我說：「弟迪別忘記，我們『暫時』還是一夥的，至於你不可告人的祕密嘛，還不急唷。」

我鬆了一口氣，似乎『暫時』逃過一劫。

第二條　弟弟對姊姊不能有絲毫祕密

好幾年沒來礁溪，這裡的變化好大。

滿坑滿谷的觀光客走在專賣名產的路上，手上大包小包，牛舌餅、奶凍捲、蔥油餅、鴨賞、蜜餞，當然姊姊們也不會錯過這次機會，大姊要買來送給公司的員工、二姊要買來送這次從日本來的交換學生、三姊要買來……我也不知道，四姊要買來給自己吃，剩下的會給魔術社的成員，五姊就相對辛苦，她要送同學、老師、鄰居。

而我，當然是負責提啊！

還好小夢對名產沒多大興趣，她只是不斷將礁溪的風土人情記錄在相機裡頭，對她而言，拍出雋永的照片比什麼都重要。

我們的逛街隊伍很長，領頭者一向都是大姊，她往東沒人會往西，她後面是還在騷擾五姊的變態二姊，顯然五姊還在發育的胸部引起變態的強烈注意，不斷要求在路邊摸摸看，搞到五姊不堪其擾，勉為其難說回飯店才能摸……

這麼色情的臺詞居然會出於五姊口中，我不得不佩服二姊的汙染能力，比核廢料更棘手。

三姊自顧自地走在她們後頭，明亮眼鏡後面的清澈雙眸一直在觀察，她靜靜的、沒有說話，每當遇見自己好奇的事物便會停下腳步研究，然後再繼續前進，尋找下一個能引起她好奇的東西。

至於在隊伍最後的四姊和我嘛……

「我要丟垃圾。」她將牛舌餅的包裝袋揉成一團，然後塞進我的褲子口袋內。

「喂，我不是垃圾桶啊！」我大聲朝四姊抗議。

「廢話，我當然知道你不是垃圾桶啊！」她振振有詞地說：「你是弟弟，只不過暫時負起垃圾桶的責任而已，誰叫法律要規定不准我亂丟垃圾，這絕對不是我的錯吧！」

「……」我說過，要是不小心進入四姊的思維，那我也不再正常了。

「欸，順便替我看看嘴巴是不是髒髒的。」四姊的舌尖舔著嘴角，但依然離她說的髒髒很遠。

「右邊一點，嗯，再右邊一點。」我指示。

她的舌尖奮力地往右臉頰而去。

「不夠、不夠，再右邊。」

她像是痴呆症發作的表情讓我忍笑忍到流淚。

「到底在哪？」

「右邊耳朵附近。」

「那你要叫我用手啊！你這條壞心眼的臭蟲！」四姊用手指抹掉屑屑，然後擦在我的後背。

笑罵之間，此時，五姊終於脫離二姊的糾纏，放慢速度來到隊伍最後，不捨地說：「龍龍，是不是太重了？讓我替你拿吧。」

不要去拒絕五姊的好意，所以我讓她拿一袋最輕的蜜餞，並且一副如釋重負的模樣。

我們繼續走著，可是氣氛漸漸有點怪，直到小夢朝我們姊弟三人拍照，然後又蹦蹦跳跳去拍其他人之後，五姊才幽幽地開口——

「……其實小夢學妹是個好人，很好相處。」

「才怪！她只是偽裝成好人的模樣！」

四姊激動地反駁。

不知道是哪一根神經又脫落了吧。

五姊沒有回應自己雙胞胎的姊姊，只是凝視我，問：「不過龍龍會聽大姊的話吧？到三十五歲都不能交女朋友……」

「五妹，妳的腦袋出錯了吧！」四姊誇張地嚷嚷：「是到一百歲都不准交女朋友！」

我無奈地說：「其實小夢已經拒絕我了，還不只一次，所以妳們就不要為不可能發生的事爭執。」

「真的嗎？」

「哼哼，誰會跟垃圾蟲交往啊！是我也不要！」

我怎麼覺得五姊有點喜出望外，四姊也用一副早就知道的樣子取笑我。

不管如何掩飾，李家姊姊們的基因當中，就是有喜歡看弟弟孤老終生的元素在，當然五姊還是比較好的，因為她會說，我能照顧弟弟到老死為止；而四姊嘛，我的痛苦就是她的快樂吧。

「突然覺得心情還不錯。」四姊裝出姊姊的模樣，大方地說：「我請你們吃冰，算是慶祝弟弟沒人愛吧。」

「四姊……雖然我也覺得滿高興的，但是因此請客，不、不好吧。」五姊偷偷打量我，直到我給她一個「沒關係，早就看開了」的眼神，她才喜孜孜地去買冰。

對我而言有如行軍的礁溪之旅，終於在大姊的一聲令下，宣布隊伍休息一個小時，可以隨意活動，只不過一時之間，我也不知道該去哪，映入眼瞳的這條街不是遊客就是商店、攤販，不知道該怎麼休息。

五姊餵我吃完冰之後，被四姊抓去其他地方；嫌天氣太熱的大姊，在二姊的指引下走進某條暗巷；小夢依然神出鬼沒，將來極有當狗仔隊的天賦。

還好，在我銳利的雙眼掃視下，找到一間很有趣的攤位，當我穿過人群走去時，就知道自己來對了地方。

沒有看見攤位的名稱，老闆只不過是擺好一整排的魚缸，客人可以將腳泡在其中，讓幾十隻溫泉魚吃腳皮，據說在餵飽這些小魚之際，自己的雙腳會異常光滑。

「找到弟弟了……」很久沒出來玩的三姊出現在我的背後。

「三姊，快點來試試啊。」我拉起她的手，讓她坐在身邊。

「……被魚咬的感覺好奇怪。」三姊一直搖頭。

我付給老闆錢，所以他也不管我們兩人一缸，倒是讓這些魚爽到，雙倍腳皮等於雙倍飼料。

脫掉三姊的涼鞋和襪子，我把她柔嫩的雙腳放進魚缸內。

她緊緊抱住要買來送人的黑胡椒口味牛舌餅，感受著雙腳傳來溫泉魚又癢又刺的撕咬，過沒有多久，她漸漸開始習慣，就沒有原先那樣的不安，恢復到在房間內安靜聽慧的李玄玲。

「抱歉。」

三姊的道歉來得莫名其妙，但我轉念一想，就知道她是指上午告訴二姊，我隱藏一個祕密的事。

「既然是弟弟不想說的祕密，我就不應該說出來……唉，都怪二姊，她那雙手，真的、真的很討厭。」

「放心，我能守住，二姊固然惡名昭彰，但我也不是易與之輩。」

「我會盡量克制自己不要去猜，但是……當天晚上，因為四妹和五妹平安歸來，再加上唷學姊和二姊……所以我一時之間就忘記要去找你，要是……元希刁難你，一定要告訴我喔，不要一個人去面對她，懂嗎？」

「……」她已經猜出七七八八了。

「還有，二姊要是窮追不捨的話，我會盡全力幫你守住祕密，算是彌補我的大嘴巴。」

「妳就別放在心上。」我按了按她的掌心，再輕輕地握住。

「對了……這個送給你吃。」三姊拆開原本抱在胸前的牛舌餅。

「這不是妳要送人的嗎？」我要阻止已經來不及。

「在房間待一年多，原本還有聯絡的朋友和同學都已經疏遠了，我還能送給誰呢……」

我突然說不出半句話。

「只是看其他姊妹們都有買，所以忍不住就買了，黑胡椒口味，弟弟不喜歡吃

嗎？」

「喜歡。」

三姊從包裝內抽出一片牛舌餅，從中間折斷，一半放進我的嘴裡、一半自己咬了一小口。

「我這輩子最幸福的事，就是有你們，要是我跟二姊兩人生活，應該早就餓死在路邊了吧。」三姊雙眼無神地看著不斷吃掉死皮的魚，「所以我不需要朋友，只要有你就夠了。」

「三姊，親人、伴侶、朋友都缺一不可啊。」我真想用力搖醒她，難道是宅太久，腦袋短路了？

「我才不會這麼貪心呢。」

「妳怎麼一離開房間，就像是變了一個人？不對……妳從自我封閉在房間內，就像是變了一個人，我記得國中的時候，妳很喜歡到處交朋友，甚至還和同學去野外露營不是嗎？」

「可能是我越長大就越多愁善感吧。」

「……需要我幫忙治療妳的高二病嗎？」

三姊忽然淺淺地笑道：「弟弟就是用這種溫柔的語氣，才騙到一大堆女生。」

「我是講認真的，轉移話題這招對我沒用啊。」

「嗯……那弟弟就讓我靠一會吧。」

熱鬧繁華的路邊，無數觀光客在我們身旁來來回回走過，光是腳步聲就足以干擾我們之間的低語，但是不知道為什麼，三姊這句話卻是格外的清晰，等到她緩緩地將頭靠在我的肩，所有雜音都靜止了，我的耳朵只能聽見她的啜泣聲。

於是，我決定不顧一切，也要讓三姊「真正的」走出房間。

我以李玄玲的弟弟身分發誓。

三姊太聰明了，所以我必須很小心。

深夜，我躺在家族式套房的客廳沙發上。

完全沒有任何睡意，我腦中仔細分析三姊的變化，逐漸理出兩個關鍵的時間點，第一個當然是三姊高中畢業，開始躲在房間不願意出來；第二個就是二姊和喃學姊出現在家裡。

很明顯，三姊在幫助我們，制定比賽計畫、要和戀鬥社分出高下的時候，根本就不是現在要死不活的模樣。

這兩個時間點相差一年多，快要到兩年，其中有開始好轉的跡象，但是在二姊和唷學姊之間不知道發生什麼事後，又開始向下沉淪，即便三姊的身軀已經離開房間，可是靈魂根本還在原處。

最後，想了又想，得到的結論是三姊和二姊、唷學姊之間一定有什麼不為人知的祕密，而且八成和戀鬥社有某種關係，所以只要能夠知道那個祕密，所有問題都會迎刃而解。

但絕對不能打草驚蛇，要是讓三姊察覺，勢必事倍功半。

儘管直接去問二姊最快，可是依她無法無天的性格，絕對不會替我隱瞞。

我只能靠自己慢慢來……

這其中一定還有「某個關鍵因素」是我還沒想到的……嗯？

無燈的客廳內，我察覺有人在黑暗中行走，從路徑上判斷此人可能是小夢。

「咦？你沒睡？」果然是小夢的聲音。

兩房一廳的規格，二、三、四、五姊因為沒人敢跟大姊睡，所以四個人擠在一房，最後只剩小夢和大姊睡一間，目前來說小夢還沒有自行打電話叫救護車，所以應該還未受到什麼嚴重的傷害。

要知道，躺在睡姿很差的怪力女旁，闔上眼睡覺之後的每一秒，都是在生死之間徘徊，如何避免永眠的慘事發生，就是一門極其深奧的學問。我身為李皇玲的弟弟十七年，至今仍未掌握訣竅，倒是能夠活著讓大姊搬到爸爸房間去睡的四姊，應該很有經驗。

因此，小夢還健健康康的樣子真令我欣慰。

「我想出去晃晃，你要一起去嗎？」小夢低聲問。

「晚上太危險了，我當然要跟去啊。」我掀開涼被。

小夢朝我比了一個向前突進的手勢，我就在這指引下，悄聲跟在她屁股後頭，像極了剛偷完東西的賊，踮起腳尖，用無聲無息的步伐離開，沒有驚動到任何一位姊姊。

直到我們重新走在礁溪的大馬路上，才有鬆一口氣的感覺。

舉目望去，此地和白天的差距好大，沒有剩下多少行人，我才知道馬路是如此寬敞。

「我們要去哪裡？」身為跟班的我問。

「去白天沒辦法去的地方。」小夢頗有深意地回答。

「現在是深夜，去太遠很危險。」趁她還沒講出驚人的地點之前，我趕緊阻止，「妳也知道，越漂亮的女生危險性越高，說不定會出現色狼或是醉漢，很可怕。」

「放心，你會保護我呀。」

「喂，別放心得太早啊！」

「我只是想去冒險而已。」

「冒險這兩個字聽起來就很不妙欸。」

「那好吧，要是我真的被色狼或變態纏上，你就先逃命自保吧。」小夢故意把兩邊的瀏海拉到臉頰兩側，假裝流淚的模樣，「嗚嗚……我不會怪你的。」

「別把我說得像膽小鬼一樣。」我無奈地說：「無論如何，我都不會再拋下妳了。」

「還囉嗦什麼，衝吧！」小夢牽起我的手，開始往一片漆黑中走去。

縱使有路燈和偶爾出現的行人，我還是覺得這條路特別黑暗，有一股怪異的氣息在空氣中飄蕩，我必須承認，這完全是我的怕鬼之心在作祟，怕就是怕，我沒有辦法控制。

聽小夢說，她查到這附近有間酒吧，所以要我一起偽裝成十八歲，看能不能用老氣橫秋的氣勢混進去探險，雖然離十八歲也只差一年左右，但是要我模仿反而讓我有幾分彆扭。

不過這個問題我擔心得太早了，沒想到還沒看到酒吧，麻煩就自行找上門來──

「蕭章傑！沒想到在這遇到你！」

原本我以為是某個喝醉酒的女生在抱怨自己的前男友，等到她一手拉住我的肩，我才終於深刻地瞭解到，這下是真的被醉漢騷擾了，但對方的目標不是小夢，而是我……

小夢退開一步，幸災樂禍地笑。

怒氣沖沖的女子穿著火辣，露溝、露背、露腿，該露的都露了，看她濃妝豔抹的臉，我勉強判斷出年紀大概二十幾歲，應該是大學生沒錯，恐怕是和朋友到酒吧喝酒，離開之後剛好就碰上我。

不過，這關我屁事啊！

「你這個狼心狗肺的傢伙，居然就這樣跟我分手了！」醉女的嘶吼不斷破音。

「他就是那個垃圾？」醉女旁邊的醉女二號狠狠地瞪我。

「真是巧啊，聽說這畜生追愛追到宜蘭來，沒想到真的被我們堵到。」醉女三號陰惻惻地笑了。

她們三人的服裝都差不多，連臉上的妝也相仿，在灰暗無光的街頭，我簡直快要分不出來誰是誰了。

「蕭章傑，你敢欺負我們的姊妹，今天就要你的生殖器官償命！」醉女二號很有義氣。

「你們認錯人了。」我雙手一攤。

「放屁！你屁股上有一顆黑痣，我才不會認錯人！」醉女一號罵著罵著就哭了，「你為什麼要這樣對我……為什麼……」

「要不然我回去拿身分證給妳看，我叫李狂龍，絕對不是什麼囂張……囂張啥鬼的……」靠北啊，這人陌生到我連名字都記不住欸。

「少來，不然你褲子脫掉，讓大家看一看就知道！」

「……」

是哪來的神經病啊！當街要驗我的屁股？

我哭喪著臉看向小夢，希望她能替我證明身分。

只見她閃過一抹瞬間消失的笑容，挺身而出道：「名字不同是很正常的事，愛情騙子一定會用假名啊！」

「……」這刀，有點深啊……

「「「沒錯！」」」

醉女一二三號極有默契地說。

「我想這是一個天大的誤會。」

「我是這樣的愛你……嗚嗚嗚……當初你蹲在下著雨的小巷邊哭泣，是我替你撐傘、是我帶你回家、是我給你溫暖，嗚嗚嗚嗚……你一次又一次將委屈和悲傷發洩在我身上……我也沒任何怨言，嗚嗚嗚……」醉女一號看起來真的被傷得好深。

但是……凶、手、不、是、我啊啊啊啊……

和發酒瘋的女人講再多都沒意義，我給小夢一個眼神，要她準備從後撤退，要不然再繼續糾纏下去，一定不會有好結果。

「你們要去哪？」醉女三號雙手一張，檔住我們的去路，「玩過我姊妹，還想拍拍屁股走人？我們會從臺北跑來宜蘭，就是為了要你付出代價！」

見她滿臉醉容，似乎連站穩都很勉強，我稍稍一推就能搞定，但是要我對哭泣的女生動手，無論如何我都辦不到，從小到大的教育已經根深柢固，姊姊們給我的制約很可怕。

強行突破失敗，後方撤退不行，我頓時陷入困境。

「等等！妳……」醉女二號邊攙扶一號、邊指著小夢，「該不會就是那個狐狸精吧？」

小夢後退一步，滿臉都是錯愕。

醉女一號擦擦眼淚，睜大眼睛觀察許久，才篤定地說：「對！就是她……雖然我沒見過，但是一天到晚聽蕭章傑這個禽獸在吹噓自己前女友，所以……所以……這白白的臉蛋和適中的身材……是她，一定是！」

「喂，全臺灣符合白白的臉蛋和適中的身材最起碼有五百萬人吧！」被推進火坑的小夢又氣又急。

「噗哧……」我終於忍不住笑了出來，搧風點火的下場就是引火自焚啊，向來發生這種鳥事都只有我一個人受罪，沒想到這次有人陪伴吶。

「狐狸精還敢嗆聲？」醉女三號扔掉包包，一副想打架的模樣。

事情果然朝著難以收拾的路線發展，我怕小夢受到波及，趕緊擋在她前面，一邊用手勢要她打電話報警、一邊堆起和事佬的笑容。

「誤會，純粹是誤會而已，等妳們的酒精退去，就會明白自己正在幹蠢事。」

「我們才沒醉！」

醉女三號為了證明自己沒醉，伸出腳踢向小夢，當然被我一手推開，她沒有站穩，一屁股摔在地上。古人說，猴變人一萬年、人變猴一杯酒，果真是至理名言。

「你、你……你敢打我！」

「妳要踢人，我怎麼可能不擋？」

「我是踢她又不是踢你！你緊張什麼！」不可理喻的三號還在叫囂。

「她是值得我保護的人。」我淡淡地對醉女一號說：「雖然我不知道妳到底是受到多少委屈，可是失戀之後，如果還借酒消愁、讓自己墮落，那不就等於讓前男友慶幸自己甩掉妳嗎？」

她們突然靜了下來。

「被甩掉的人，更應該讓自己過得更好，才能讓負心漢徹徹底底的後悔啊。」

我聳聳肩。

她們鴉雀無聲。

喔，好難得，終於有人願意認真聽我說話了，一旦我嚴肅起來，震懾力還是不差啊，哼哼。

「對不起……我們、我們認錯人了……」醉女一號眼眶再度含淚。

「……」這算是吐槽嗎？

我順著她們的視線轉身一看，在黑灰色的夜幕之內出現了另一個男生，他連忙用最客氣的口吻向我跟小夢道歉，看起來真的不像是什麼負心絕情的禽獸，年紀大概也是二十上下，白白淨淨的外貌。

「章傑，人家好想你喔！」醉女一號衝過來，穿過我和小夢，直奔那個男人的懷裡，揚起一整片酒氣。

醉女二、三號用「祝福自己姊妹」的欣慰笑容點頭，她們的反差之巨大，令我摸不著頭緒。

不過此時不走，更待何時？我拉著正看得出神的小夢離開。

「等一等，讓你們被騷擾我很過意不去，讓我請你們吃頓飯賠罪。」

「不用了。」

我直接回絕那個男人的歉意，他們現在是感情融洽，但什麼時候會翻臉根本不知道，遠離颱風尾才是當下該做的事。

時間已經很晚，我想應該去不了酒吧了，所以往飯店的方向走去，原本街邊還有一些行人，現在卻已幾乎絕跡，我全神貫注於附近的風吹草動，深怕又遇上什麼麻煩，況且醉女集團再追上來也不是不可能的事。

我們的腳步很快很急……

可是小夢突然掙脫我的手。

某間賣禮盒的店面騎樓內，我們同時停下腳步。

「我借你抱過一次，還記得嗎？」小夢問我一個很怪的問題。

「當然記得啊。」才多久的時間，我又沒痴呆症。

小夢深吸一口氣，擺出索取的手勢，堂堂正正地說：「那現在，還我。」

「……」我有點茫然。

「我自己拿了。」說完，她往前走兩步，將我緊緊擁入懷中。

簡直是撿到一百塊……不，簡直是莫名其妙啊。

「妳是……為什麼？」

「只是有感而發，你不要大驚小怪。」

小夢的側臉貼在我的心窩處，不知道是不是聽出我的心臟不正常的跳動。彷彿內心正在被窺視，我尷尬得不知道該如何是好。過往都是我主動抱她，她主動抱我似乎不太尋常。

「為什麼有感而發？」

「欸，你很不專業，人肉枕頭是不會說話的啊。」

「喔喔……」

「話說，剛剛那個男生，還真的有點像你。」

「……」

「欸，你幹麼不說話？這樣很尷尬。」

「因為我覺得不像。」

「嗯，不過你那雙還擺在腿邊偷懶的手，是什麼時候才要抱我呢？」

「抱歉……」

我只能自我解釋，這來得突然的擁抱是宇宙主宰送給我的禮物，是祂見我這段時間受盡苦難，所以才用某種神能念力控制小夢的想法吧。

「我們一定要過得很好，不管是現在，還是未來……」她在我的胸前，緩緩地說出這段話。

「……沒錯。」我想了半天，只吐出這句模稜兩可的話。

即便窮極一生，我還是不可能搞懂小夢在想什麼吧。

在天亮前，我們趕回飯店睡覺，裝作什麼事都沒發生。

我肯定沒有一位姊姊發現，除了五姊臉色有點差之外，一切都正常到理所當然，這難得祥和的景象，絕對不可能是假裝出來的，光是四姊笨拙的演技，一下子就會被我識破。

於是，SAFE，安全上壘！

今天的行程由二姊安排，經過大姊審核刪掉許多青年不宜的地方後，再交給五姊去補充。最後一大清早就出發，首先驅車前往蘭陽博物館，算是學習一下貧瘠的知識，對於蘭陽平原這塊土地我懂得太少，只能靠現場解說和五姊帶來的額外資料讓自己懂多一點。

隨後，大姊又駕駛七人座的休旅車前往海岸線，一行六人搭船前往龜山島海域賞鯨。大海中的風景當然是無比難得跟美麗，三姊卻露出很恐懼的模樣，不管我走到哪都緊緊揪住我的衣襬，像是怕船沉掉，我才好第一時間救她。

還有四姊……唉，有點暈船，整個人貼在我背後，跟寄生蟲沒差多少，我宛若化身為帶兩個女兒出門的媽媽，一隻手要照顧一位姊姊，當耳邊傳來二姊的驚呼聲，我趕緊抬頭去看，那一縱而逝的海豚身影已經不見，只剩下激起的水花。

「三姊，這是海豚，不是哥吉拉，所以船不會被撞沉，放心。」

「四姊，妳就算勒死我，也不會停止暈船啊！」

「三姊，這裡又沒冰山，所以不會像鐵達尼號死那麼多人，還有妳不要再講有關船的鬼故事了，讓我害怕，妳也不會比較不怕吧！」

「四姊，不要吐在我身上啊啊啊啊！」

整艘船都是我快精神分裂的叫聲，原本還以為五姊會來支援，但是她和大姊正在辯論到底熊貓和海豚誰比較可愛的問題；二姊則是和小夢交頭接耳，眼神不停飄向外貌帥氣的船長，顯然是在汙染小夢當中，我竟然無法前去救援。

就在我即將精神分裂前，這趟賞鯨之旅終於結束，三姊雙腳一踏上陸地，立刻拋下我閃人，四姊甚至還能蹦蹦跳跳，剛剛的暈船瞬間成為過去式。

才中午，我已經精疲力盡，五姊也沒好到哪去，短短一天竟然就出現黑眼圈，我們倆無神地吃完海鮮為主的中餐，在大姊一聲令下，再度前往下一個目的地——冬山河親水公園。

夏天就是要玩水沒錯，更何況宜蘭童玩節正盛大舉辦當中，街頭藝人表演、童玩機關屋、童玩展示等等……真讓人眼花撩亂。要是認真玩下去，可以待上一整天，四姊早就發瘋似的衝了出去，不過現在最大的問題就是我有點累。

在親水區，所有姊姊包括小夢都去換泳衣了，不過我不打算碰水，因此只是脫掉鞋子，把雙腳浸泡在清涼的水池當中，獲得珍貴的舒暢感。

之後，她們換好泳衣登場，我在心裡竊笑，每個女生的泳衣都代表不同的特色。先說大姊，全身黑色的競速型泳衣，站在水池中央，儼然要與人比拚自由式的氣勢。再來二姊就是標準的三點式比基尼，由粉紅色的幾塊小布和幾條細繩構成，一從更衣室走出來，立刻吸引所有男性的視線；五姊趕緊換好連身裙式的泳衣，拿著大毛巾要替二姊擋，想當然一下就被拒絕了。

至於三姊也是穿比基尼沒錯，但是上半身穿雪紡罩衫、下半身又用荷葉裙遮掩，所以和她走在路上的穿法幾乎一樣，不過要論防守最嚴密的一定是四姊了，我真的不知道她是從哪裡找到標準的校園泳裝（死庫水），不過還滿適合她的嬌小體格。

此刻，大概是我一整天最愛的行程了。不用當苦力、不用當保母，自由自在地坐在池畔邊，享受清涼的水氣，眼睛光明正大地欣賞其他女孩，比如剛剛從前方走過的一群高中女生，但是九成的注意力還是在小夢身上。

「這就是青春吶……」我微微笑了。

「龍龍好色！」剛和大姊比完水中競走的五姊一屁股坐在我旁邊。

「因為我是正常的男人啊。」

「是不是在看小夢……」

「當然是啊。」

「……為什麼不看我？」

「在家整天看了，外面少看一點沒關係吧。」

五姊鼓起臉頰，抱怨道：「龍龍好偏心。」

我搭著她的肩，好聲好氣地說：「放心，等回家，我一定要把妳全身上下都看過一遍。」

五姊滿意地點點頭，真的是非常好哄。

「好累……真想睡覺。」五姊靠在我的手臂，打了一個大哈欠，「今天晚上過完，明天就可以回家了吧。」

「為什麼這麼累？」昨晚幾乎沒睡的我，也不像五姊一臉倦容，眼皮隨時會闔上的模樣。

「……還不都是因為你。」五姊哀怨地瞪了我一眼。

「我昨天晚上在沙發睡得不錯，哪裡都沒去啊。」沒想到會被拆穿，我笨拙地撒了一個爛謊。

「我知道啊，就是因為這樣呀！」五姊更哀怨了。

「什、什麼東西……」我一時反應不過來。

「龍龍知道很多人會認床或是認枕頭嗎？」

「知、知道。」

我偷偷鬆了一口氣，原來五姊是因為枕頭沒帶出來的關係所以才會睡不著，那我昨晚和小夢出門應該是沒被……

「所以我也會『認弟弟』，睡不著啊！」

發現。

「……等等，妳說什麼？」我猛然轉頭看她。

「沒有龍龍陪我……感覺就是很不舒服嘛，有的人認床、認棉被、認房間，我認自己弟弟還算是正常吧……算吧？」

「絕對不正常！」

「那、那該怎麼辦？」

「要治癒這種怪病。」說到一半，我沉默片刻，才說：「只有一個方式，就是讓妳累到極限，連眼皮都睜不開，一沾到棉被就睡著。」

「怎麼，有點嚇人。」五姊略顯不安。

「今天晚上，聽說二姊安排了小遊戲，到時我們玩個通宵。」

安撫五姊中的我突然感覺有人抓住我的腳踝。

「是誰？」我問。

水鬼當然不會回答我，等到我整個人被拖入水中，才知道是白目的二姊，害我全身上下包括內褲都溼透，好氣又好笑地泡在水裡搖頭，而水鬼已經游走遠去。

五姊掩嘴竊笑，我用食指戳她肚子報復。

「我去換衣服，溼溼黏黏很不舒服，等等回來。」我揮揮手，隨後爬回陸地，下定決心不要再靠近水邊，否則我有一百套衣服也不夠換。

拿好衣服，找到一處偏僻沒啥人的更衣室，我好整以暇地脫掉上衣和短褲，算是享受一下獨處的祥和寧靜，但宇宙主宰很愛跟我開玩笑，這幾間更衣室都沒有人使用，竟然還有人敲我的門？

「有人了。」我喊。

「是我啦，龍龍。」五姊有點著急。

我也不管身上只有一條黑色內褲，趕緊打開更衣室的門，還沒發現有什麼問題，五姊已經一個側身抱著自己的包包進來，然後再度把門鎖上。

「怎麼了？」我丈二金剛摸不著頭緒。

「我是想說……龍龍說不定需要我幫忙。」五姊也知道自己講的話很離譜，轉過臉去不敢看我。

最多只能站四個人的狹小空間中，我翻起白眼說：「五姊，我十七歲了欸。」

「好嘛好嘛，其實是我也不想玩水，想換回乾淨的衣服，但是更衣室都爆滿了，所以想跟龍龍一起換比較省時間。」五姊連耳根都是紅色的，可見此謊多扯。

唉，隨便她吧，我拿起掛在鉤子上的乾淨上衣，可是五姊直接從我手中搶過，喜孜孜地撐開領口要套進我的脖子，還真的想替我穿衣服。

我苦笑著低下頭，雖然覺得很莫名其妙，不過這就是五姊特有的溫柔吧。

「換龍龍幫我吧。」她轉過身去，用半遮半掩的美背對我。

這件紅色的連身裙式泳衣，是靠兩條綁帶維繫，一條在後頸，要是解開的話，五姊的胸部就會跑出來了，另一條則是在後腰，拆掉比較沒危險性。

所以我有如防爆小組的專家，小心翼翼地拉掉後腰的綁帶，但是萬萬沒想到整件泳衣一鬆一滑，五姊上半部的屁股都暴露在空氣中，害她羞澀到微微輕顫。

「抱歉，看到妳的股溝了。」我老實地道歉。

「嗯……沒關係的……」五姊用最細小的音量說：「我喜歡龍龍看我，只是、只是最近腰好像長了肉肉……」

我扶著五姊的腰，認真地說：「應該還好吧。」

「龍龍……喜歡？」

「妳全身上下我都喜歡。」嗯，一百分的回答，簡直能給全天下的弟弟參考使用。

「那、那……再脫吧。」

我應了聲，也不浪費時間，直接拉掉泳衣最後的綁帶，果然不出我所料，全家最豐滿的五姊趕緊用雙手抱住酥胸，反正我在背後什麼都看不到，一切都很安全……直到五姊似乎正在緩緩轉身……

「等等！」我按著她的肩，「還是先穿衣服吧。」

「好……好的……」五姊整個人都在發燙，包括肩膀也是，「衣服在包包裡……龍龍幫我……」

我趕緊打開包包，首先拿出五姊那帶有白色花邊的胸圍。

叩叩叩……叩叩！

尷尬的時刻，外面居然又有白目敲門！

「裡面已經有很多人……喔不，裡面已經有人了，去別間吧。」

「笨蟲弟弟還不趕快開門！快點！」門外的人像極了我家四姊，而且還是火燒屁股的四姊，「快點快點快點！」

五姊一手遮住自己的胸部、一手打開了門，擔心四姊是不是出了緊急問題。

想當然耳，當然是沒有。

小小一間更衣室現在擠滿三個人，無法輕易移動。

「我就知道！你們兩個同時不見就是有問題！」四姊跺腳，趕緊拿自己的浴巾包住五姊，「笨蛋妹妹，弟弟對妳伸出魔爪，妳要第一時間通知我啊！」

這抓姦在床的老梗劇情我已經懶得吐槽了，但這次好像有地方不一樣。

「弟弟有什麼無法控制的獸欲就衝著我來，不要對我妹妹下手！」四姊正氣凜然。嗯，這句終於有些新意。

「四姊誤會了……我其實是……其實是我想鼓舞龍龍。」五姊不好意思地穿上衣服。

「鼓舞他犯罪嗎！」四姊不敢相信。

「不是……是我看龍龍自從運動會結束，這兩天都悶悶不樂，所以、所以想用二姊教我的方式安慰他而已。」五姊凝視著我，眼光中帶有灰色的擔憂。

沒想到即使我極力隱藏還是被看穿了，運動會的祕密一定要跟著我一起進到棺材當中，絕對不能讓任何人知道，四姊、五姊、小夢都是，不應該因為我的選擇而受到傷害。

我勢必要將祕密藏得更深更深……甚至當做沒發生過。

「是嗎？弟弟心裡有事？」四姊的眉毛擠在一塊。

「哪有什麼事，呵呵。」我搭住四姊的肩，故意色迷迷地說：「二姊教五姊的方式很有用啊，原本不好的心情早就一掃而空了。」

「……果、果然，留學過的二姊的確比較聰明，獸欲應該要適當的發洩而不是禁止。」四姊拉開自己的領口觀察，好像有點猶豫。

等等等等等等等等等等，我怎麼覺得情況朝奇怪的地方發展了！

「雖然給變態蟲弟弟看是一件很、很丟臉的事，但為了路上女性的安全，我也……我也只好犧牲一點……」

說完，四姊很俐落地一脫，整個人瞬間光溜溜地站在我身前。

我還來不及阻止，下一秒鐘……

五姊已經用浴巾將四姊包成一團。

好快的手速！

我什麼都看不到。

玩，是一件很累的事。

當我們吃完晚餐，最想做的就是洗澡睡覺，明天準備回家。

可是當家裡有精力過於旺盛的人物，所有人都會被她拖下水，原本我是很抗拒二姊安排的節目，不過因為五姊古怪的失眠毛病，所以我決定乖乖參加，反正五姊睡不著，不如大家都別睡。

在遊戲準備期間，二姊偷偷將我拉到無人注意的暗處。

「妳想幹麼？」

「弟迪，不要一副見到鬼的模樣好不好。」

換上居家衣物的二姊洗淨鉛華，用素顏的樣貌面對我，樸素到我有點不適應。

「有什麼事嗎？」

「我偷偷告訴你喔，等等小遊戲的最終懲罰非常可怕，弟迪一定要贏喔。」

「……」她對我越好，讓我越擔憂啊。

「哎唷，只是玩玩而已，不要這麼嚴肅吧。」

二姊按在我的雙肩，像兄弟般說：「這次難得出來玩，當然是要盡興啊，你看，連平時凶巴巴的大姊都參加了。」

「平時就妳最不聽大姊的話了，現在還用大姊的名義……」

「亂講！我李亞玲這輩子最敬佩的人，就是李皇玲啊。」

「不太像。」

「是真的，弟迪根本不知道我在日本看見大姊的作品在展覽時，震撼到我差點跪在柏油路上膜拜的程度，況且當年要不是她願意收留我和三妹，我們根本就不可能有今天的生活啊！大姊是王！大姊是神！」

見她越說越激動，彷彿要當場挖心掏肺證明給我看。

不過我當然知道大姊有多傳奇啊，最近落成的板橋棒球場，就是由大姊的團隊所設計。

為了阻止二姊將大姊的豐功偉業重講一遍，我聳聳肩道：「那就玩吧。」

「我知道弟迪一定挺人家的呀，只不過呢，我們姊弟應該聯手，贏面才會擴大。」

「……妳想作弊？」

「怎麼這樣說……人家是在拯救弟迪啊。」二姊的眼波流動，似乎很難過我誣陷她。

「拯救我？」我好奇。

「對啊，今天最輸的人，要吞下一顆我自行製作的『酒精膠囊』喔。」

「……我要告訴大姊。」

這酒精膠囊（註1）是什麼東西？新聞上都有播，顧名思義就是酒精濃縮其中的膠囊，外表顏色鮮豔美麗，但實際上吃掉一顆，就等於喝掉一杯烈酒。

「大姊剛剛已經吃了呀。」二姊人畜無害地說。

「怎麼可能……」我四肢發冷。

「真的喔，我跟她說是從日本帶回來的豐胸藥，她立刻就吃了。」

「大姊啊啊啊啊啊！」

「別大聲嚷嚷！大不了我送你一顆，ＯＫ？」

「ＯＫ個屁啊！我要酒精膠囊幹麼？」

「弟迪不是很想占有……那個小夢，所以……嗯嗯，給她吃上一顆，趁她醉死的時候……哎唷，你一定懂吧。」

「我懂個屁啊！這是犯法的啊！」

我有如驚弓之鳥衝到客廳去，想要拯救被自己妹妹下藥的大姊，可是劇情卻再一次翻轉，讓我雙腳釘在地板上，一時之間不知道該怎麼形容。

「大姊……妳沒事嗎？」

「嗯？」大姊聽到我的問題，一手揉揉額頭，「剛剛覺得有點暈，現在已經沒事了，可能是開車開太久吧。」

二姊從後方抱住我，在我耳邊悄悄說：「看吧，根本沒怎樣，用大姊實驗過，可以放心了。」

「妳不要隨便用怪物的身體實驗啊！」我雙手抱頭，感到不可思議。

「弟弟在怪叫什麼？誰是怪物？」大姊關掉電視。

「……沒、沒事。」怎麼可能沒事！我低聲對二姊說：「聽起來就很危險，妳別開玩笑了。」

「相信人家的製作技術嘛。」話還沒說完，二姊已經沉浸在遊戲的興奮中，高聲大喊：「我們開始玩遊戲吧！」

所有人到客廳集合，沒過多久大家一起合力移開一張大桌，在客廳中央騰出一個空間，我們圍成一圈席地而坐，縱使我有再多的不安，仍然無法阻止遊戲進行了。

氣氛超乎我想像的熱烈，小夢偶爾會拿起掛在胸前的相機拍照，連三姊都進入專注模式，面無表情地思索，似乎對這場遊戲勢在必得，四姊和五姊也是興致勃勃。

「先說了，輸的人有兩個選擇，第一、無條件說出一個『沒人知道的祕密』；第二、吞下我準備的酒精膠囊，等於喝下一杯威士忌。」二姊很坦白，沒有再度欺騙其他人。

「開始吧。」

「嗯嗯。」

「……這膠囊有點眼熟。」

「我要玩。」

「Go！Go！」

「喂！妳們要聽清楚啊！是酒精膠囊欸！」我大聲提醒這些待宰的羔羊。

「弟迪怕醉，其實只要講出一個祕密就好了呀。」二姊狡猾的笑容閃過。

我終於懂了，這遊戲的主要目標就是套出我的祕密。所有姊姊都願意參與，難不成她們統統都知道二姊的陰謀，不，不對，像四姊或是小夢，應該都是純粹覺得好玩而已。

二姊就是利用其他天真的人，讓我遲遲沒發現她要對我下手。

「遊戲其實非常簡單。」二姊從身後拿出一物，笑盈盈道：「就是『海盜桶』唷。」

三姊面露失望之色，原因很簡單，海盜桶是個隨機遊戲，玩家手持一把塑膠小刀刺進桶中，要是讓中央的黑鬍子海盜彈出，遊戲馬上結束。基本上毫無技巧可言，由運氣控制勝負。

「就由年紀排序吧，我先。」大姊拿起塑膠小刀，二話不說插進某個孔洞。

海盜也二話不說地彈跳而起，沒想到遊戲的第一個高潮就在大姊的第一插之後，現場激起一片驚呼聲，隨後是眾人的哈哈大笑。

大姊皺起雙眉，失望地說：「一共十七個孔，代表十七分之一的機會都被我踩到。」

二姊拍手道：「祕密或膠囊喔。」

「好吧，其實最近有個男人在追我，條件還算是不錯，但我拒絕他了。嗯，就這樣。」

大姊這個祕密立刻讓其他姊妹炸開，七嘴八舌地詢問更詳細的內容，甚至要索取該男的照片，不過最後是三姊的一個問題，讓準備裝傻的大姊做出回應。

「大姊……為什麼不答應呢？」

「我討厭富二代，況且我有五個弟妹要照顧，所以沒空。」

頓時，沒有人再說話了，只是看向大姊的眼光從原本的敬畏，多出很多很多難以言喻的滋味。

此時，二姊突然撲向大姊，瞬間打破逐漸沉重的氣氛。

「大姊我愛妳！我要把自己獻給妳，成為李皇玲的禁臠！」

「不用了，二妹快插吧。」

「親一口，人家才要插。」

「所有妹妹中，妳跟我年紀最近，但是最愛撒嬌。」

「快點親。」二姊嘟起嘴脣。

「……唉。」大姊撥開二姊的瀏海，吻在她的額頭。

在看完一齣讓我不舒服的二姊求吻記之後，遊戲終於再度進入正軌，第一把塑膠刀插入木桶後，裡頭的海盜遲遲沒有噴出來，已經插過兩輪，十四把刀都沒分出勝負，當第十五把刀插入。

「啊……」三姊失聲道：「是我嗎？」

果然，黑鬍子海盜脫困而出，滾到五姊腿邊，四姊拍拍胸口，偷偷鬆一口氣。

「沒錯，就、是、妳！」二姊樂翻了。

三姊苦著臉，求救似的看了我一眼，最後搖搖頭，無奈地說：「其實……我在高三的時候交過男朋友，只是後來……就和平分手了，所以沒告訴你們。」

五姊顯然已經嚇傻，萬萬沒想到全家看起來最安靜、最不善交際的人，居然第一個和異性交往，而且隱瞞得非常徹底。

「嗶！錯誤答案，這個祕密我和弟迪都知道了喔，不算數。」身兼禍害和遊戲主持人的二姊雙手交叉，比出一個X。

「三妹，等等和我聊聊吧。」

「為什麼不告訴我？三姊！」

這鍋再度炸開，真可怕的遊戲、真可怕的二姊。

「……是戀鬥社讓我們交往的，最後、最後……唉，反正是分手了，至於戀鬥社被毀掉的事，唷學姊是特地來找我算帳的，好險二姊即時回家幫我說話，所以什麼壞事都沒發生。」三姊看向身邊的二姊，歉然道：「倒是害妳和唷學姊吵架……對不起。」

「笨妹妹，我跟她常常吵啊，過幾天我請她來家裡坐坐，一下子就和好了。」

「……」可以不要嗎？我想問。

「和超自然現象交朋友的二妹，等等也跟我聊聊吧。」

聽見大姊的呼喚，二姊連忙乾笑道：「這一回合就從三妹開始插。」

遊戲繼續開始，下幾輪再度引爆了不少祕密，每個人越玩越覺得害怕，但是又很想聽其他人的祕密，所以紛紛硬著頭皮玩下去，恰好墜入二姊所設下的陷阱，尤其是大姊已經燃起熊熊的八卦之火，還稱讚這個遊戲很棒，可以促進家人感情。

我在腦海裡大概整理一下這幾輪的祕密——

大姊：

「當初自己從聖德畢業，去設計公司打雜兼學習的時候吃了不少苦，曾經偷偷哭過兩次。」

四妹：

「二姊出國前遺憾自己沒看見弟弟長大，如果有弟弟成長日記就好了，所以我才開始有蒐集弟弟裸照的習慣……但是現在已經沒有了。」

「好幾年前，二姊的蝴蝶髮夾，是、是我偷走的……」

「只要我不爽的時候，就會去偷打熊貓吉，對不起嘛……五妹，妳不要生氣，是因為弟弟惹我啊。」

悲哀的四姊要是再繼續輸下去，那她還不如吞藥，看能不能一覺不醒，至少不用面對憤怒的弟弟和妹妹。

五姊：

「有的時候我會帶龍龍的衣服去上課……不要問我為什麼。」

「我曾經懷疑龍龍是不是喜歡男生……」

不知道為什麼，在眾多姊姊說完祕密之後，我的身體滿是彈孔，不知不覺之間，中了好多槍。

夜漸漸深，我不記得已經結束幾輪，十輪？十二輪？反正不重要，重點是我到現在還沒輸過。看著二姊的臉漸漸黯淡，彷彿她預計要藉由小遊戲挖出我心中祕密的盤算已經破功，我預計再三輪，就可以用「讓大姊休息吧，明天要開車回家」這個理由，讓所有人解散。

我的嘴角用不起眼的速度緩緩勾起……

但是勾到一半。

卻聽見從頭到尾表現得很低調的小夢詫異地說。

「啊……終於還是抽到我了。」

剛才，小夢像個旁觀者，更像是國家地理頻道的野生動物攝影師，默默地觀察我們，不多嘴、不插手，享受著我們家荒誕卻又歡樂的氣氛。雖然我不敢說百分之百懂徐心夢在想什麼，可是她偶爾淺笑著拿起相機拍照，都可以證明我猜得沒錯。

不過，這還是她第一次輸，要說出一個祕密的懲罰難倒了她。

「我不知道要怎麼樣的祕密，各位學姊才會感興趣。」小夢一提到學姊，我才想到李家人都是讀聖德高中。

「要不然，我問妳一個問題，妳要是能夠回答，就算是完成任務。」二姊善良地笑笑，看起來不打算為難自己學妹。

「好的。」小夢想也沒想就答應。

二姊調整一個坐姿，靠在大姊的手臂上，似笑非笑地說：「請問學妹，妳是不是喜歡我們家的弟迪呢？」

「二姊啊啊啊啊啊！」我猛然站起，窘迫地對小夢說：「妳不用理她，我二姊就是個怪人而已，不用回答她的問題。」

「我、我也想知道……」五姊輕輕地說。

三姊和四姊的表情複雜，和我一樣，對於二姊有如脫韁野馬的問題感到困擾。沒錯，這種問題實在太不禮貌了，好歹小夢也是我們家的客人，讓客人覺得不舒服，絕對不是李家的待客之道啊！

所有的目光都集中在小夢身上，只見一向灑脫的她難得不知所措，抿起嘴唇，滿臉通紅，不斷用小手朝自己的臉搧風，卻無法抑止逐漸升溫的臉蛋。

「只不過是小遊戲而已，不玩也行。」我趕緊提醒。

「不行啦，我既然要玩，就不能夠反悔呀。」小夢雙手抱膝，皺了皺鼻子，像是在集氣。

「真的……別太認真。」

「沒關係，我相信你會好好照顧我的。」

「啥？」

我還沒搞清楚小夢這句話的含意，甚至還搞不懂這句話是對誰說。

她突然伸出手，捏起放在海盜桶旁的酒精膠囊，在我出聲阻止之前，以迅雷不及掩耳的速度放進口中。

全場鴉雀無聲。

出乎所有人的預料。

但不包括我。

說過很多次了，小夢是個很善良的女生，所以她情願大醉一場，也不願意在所有姊姊面前讓我難過，縱使她真的不喜歡我，但是一個人一輩子能擁有小夢這種朋友……

我已經比大多數的人幸福了。

「睡吧，就算用背的，我也要將妳平安背回家。」我說。

「謝了……」

小夢就地躺下，然後在半醉半醒之間，慢慢地進入夢鄉。所有姊姊都沒吵她，這場遊戲第一位幸運的出局者產生。

「再來，最後一輪。」二姊搭著四姊的肩膀，在她耳邊說話。

輪到五姊先插，再來是我，大姊，二姊，三姊，四姊，五姊……我。

就在我插入的剎那，四姊一手按住沒戴角膜變色片的眼睛，利用紅色的另一眼狠狠地瞪我，似乎在催動什麼魔咒。

「靠北！」

我的好運終於用盡。

黑鬍子海盜噴射而出，像是在嘲笑我般，滾到我的腳邊。現場的氣氛再度炒熱，尤其是二姊，她早就想套出我的祕密，此刻當然是她最期待的時間。

「哼哼，在我的『瞳術·血剋運改』之下，弟弟還想躲？」四姊仰頭嬌笑。

我無視某位中二病發作的姊姊，無力地垮下雙肩，實在很想隨小夢的腳步，乾脆地吃掉酒精膠囊。

但假如我也不省人事，那誰來保護小夢，我們兩個一定會被二姊惡整，因為她是個從來不懂適可而止的人啊。

有關於運動會當晚，元希逼我做出的抉擇，無論如何都不能說出口。不過此刻三姊也在場，我隨口唬爛她一定會發現，所以現在只剩說出祕密這條路，怎麼辦？我陷入兩難，甚至是三難。

「我們要聽弟迪說出真正的祕密喔，就是昨天打死不說的那個。」二姊已經讓我沒有退路。

因為這句話勾起大姊有如火山爆發的好奇心，連她看我的眼神都是那樣的赤裸裸，恨不得朝我撲來，扒光我的骨肉，以便探索出不可告人的祕密。

我根本是誤闖雞舍的蟲啊！

「弟迪，快說啊，人家好想知道。」

「我懂了。」

該面對的還是要面對，我端正地盤腿坐好，用異常嚴肅的表情說：「各位姊姊，其實我有一個怪癖，喜歡到處跟女同學告白，人稱『告白狂魔』是也。」

「這算什麼臭蟲祕密！全校都知道啊！噁心！」四姊憤慨地罵。

「……那好吧，我只好再說出另一個真正隱藏於內心最黑暗之處的祕密。」我清了清根本沒有痰的喉嚨，「我另外還有一個怪癖，就是喜歡收集女性的貼身衣物。」

好險小夢已經醉死了，對自己的姊姊也不用太顧慮尊嚴，要不然親口說出這句話之時，就應該是我自殺身亡的當下才對。

「啊……」五姊輕呼一聲，應該是想起在我口袋找到元希內褲的那件事，「那個……我給你的……龍龍還是不夠用嗎？要不然，我再去買吧？」

聽見五姊的發言，大姊表情凝重，用眼神告訴我「等等我們談談」；二姊則是興奮之餘，又有點同情；四姊不用說了，看我跟看一條蛆差不多；五姊正在苦惱，應該是在想要不要馬上去拿給我。

這個祕密，或者說這個謊言相當完美，因為有五姊佐證。

可是我逃過一劫了嗎？

不，還沒有……

因為三姊透徹的雙眸中，顯示著不信。

我騙不過她。

「不對勁喔，弟迪在說謊！」二姊從三姊的神情中讀取到某種端倪，立刻想通了，「如果弟迪真的有收集女性私密衣物的嗜好，那我們家簡直就是他的天堂啊，可是他有彷彿置身天堂的喜悅嗎？絕對沒有！再來，我們姊妹中有誰的內衣或內褲失蹤嗎？也沒有吧？」

有的時候，擁有太過聰明的姊姊真的不是件好事，我連廉恥都不要了，卻還是逃不過此劫，欲哭無淚啊我。

「所以……龍龍是在騙我嗎……」五姊失望地說：「那在你口袋的內褲是怎麼回

事？」

我要死了。

「欺騙姊姊？」大姊只是淡淡說出這四個字，瞬間，強大的壓迫感襲來，讓我少吸到兩口空氣。

我已經死了。

二、四、五姊開始七嘴八舌，扔給我無數的質疑。

「好。」我拉高音量，哀莫大於心死地說：「願賭服輸，我願意講出真正的祕密。」

場面再度恢復寧靜，都在等待我開口，期間我甚至能聽見她們些微的呼吸聲，彷彿終於要揭開什麼驚天黑幕。

「唉……」我用一聲嘆息開場，垂下頭，不願意去面對她們知道後的表情，「我曾經處心積慮地追求過她。」

她，當然是指小夢，在場每個人都知道。

「我努力過很多次，違逆了大姊的命令、反擊了四姊的陰謀，我們之間發生過許多事，每一堂課、每一節下課，我都記得清清楚楚，即便是不起眼的小事，我都能再用嘴巴描述一遍，所以……我真的以為小夢會喜歡我，甚至願意跟我在一起，但實際上……我只不過是痴心妄想。」

說到這，我沒抬頭看，姊姊們也沒說話。

「班上有一位女同學，叫做楊文泱，是小夢最好的朋友，是個不折不扣的兄控，透過她我才知道小夢永遠不會喜歡我的原因……」

真沒想到，縱使這句話在我腦海中反覆出現上千遍，但是要親口說出來，那股苦澀依然存在，完全沒有變淡。

「因為，她認定，我是個『姊控』。」

第三條　姊姊不止是姊姊還是朋友

一個月過去。

有的時候，我還是會常常想起，之前我們一行七人去宜蘭玩的趣事，當然最讓我難以忘懷的還是最後一夜的海盜桶遊戲。我用祕密去隱瞞另一個祕密，縱使我還是懷疑三姊看穿這種小把戲，但是她直到今天都沒有說破，讓我保留了最不可告人的祕密。

自從我說出姊控這兩個字，也沒有發生什麼天翻地覆的變化，所有姊姊都對我一樣好，不會用異樣的眼光看我。

這一個月，說長不長、說短不短，倒是天氣越變越熱，離暑假已經不遠了。

元希透過各種方式想找我，可是我也用各種方式避開她，能閃則閃，就是我面對她的最佳招數。我假裝手機送修避開電話和訊息，每節下課都裝忙或裝睡，過一陣子之後，元希可能比較忙，就比較少找我。

正合我意，因為我還需要時間去運作，設計一個讓元希不得不替我保密的計畫。

至於其他姊姊嘛……都過得不錯。

大姊依然忙於工作。

二姊雖然回到臺灣，卻住在學校宿舍，因為她帶了十來位的日本交換生來臺，所以她得充當翻譯和助教的角色。

四姊最近比較乖，沒有再搞出什麼新奇花樣，倒是心情始終有點低落，目前不知原因。

五姊把時間都花在讀書和家事上面，暑假等於高三生畢業，在畢業之前最重要的事就是考上一間好的大學。

三姊還是躲在房間內，跟以前一樣。

唉，就是跟以前一樣才麻煩，經過我一個月的明察暗訪，雖然終於有些線索，但我仍未猜透其中的關鍵。

目前得到的線索有三項，「前男友」、「戀鬥社」、「唷學姊」，可是我卻參不透這之間有什麼連結。就算戀鬥社和唷學姊勉強可以算是一體，朝這個方向前進也許會有斬獲，不過因為我怕鬼，所以還在迂迴當中。

還有一點更困難之處，就是我沒有隊友。四姊和五姊都要畢業了，大姊說這段時間不能讓她們分心，原本最有可能幫助我的二姊幾乎都住在大學宿舍，孤立無援就是目前我陷入困境的主因。

我唉聲嘆氣地端著點心進到四姊房間。

「點心時間到了，吃完再讀吧。」我將三角形的巧克力蛋糕和奶茶放在書桌上。

讓考生衣食無缺、無憂無慮地讀書，是大姊賦予我的重要命令，所以時間一到，我要定期餵食兩位認真投入於書本中的姊姊。

四姊穿著吊帶褲和露肚臍的短袖上衣，她看到我來，果斷地將書闔上，讓我坐在她的床邊。

「還需要什麼服務嗎？」我問，和服務生一樣專業。

「我好累……讀書好煩！」四姊氣惱地說。

「這不在我的服務範圍內。」

「我要躺著休息一下。」

休息是為了走更長遠的路，於是我趕緊讓出床，要讓她躺下歇息，但她反而推倒我，一屁股坐在我的雙腿中間。

「……妳想幹麼？」

「借我躺一下會死喔！」

讓四姊坐在我的懷裡當然是不會死，不過她的後腦靠在我的胸膛，後背攤在我的肚子，兩個人快黏在一起，這樣下去我遲早會被熱死，畢竟我是人，又不是按摩椅背。

「你真的喜歡比自己年紀大的女生嗎？」四姊握住我的手，平淡地問。

該來的還是躲不掉，一個月前我說出小夢認為我是姊控的祕密，還是給姊姊們不小的震撼吧。

「姊控是小夢說的……至於我嘛……真的不知道。」我老實講。

「那你喜歡哪種類型的姊姊？」

「乖巧、聽話、會認真讀書的姊姊。」

「所以我不乖巧、不聽話、不讀書，你就討厭我！」

「……」

「你喜歡三姊對不對，真變態！」

「……」

「為什麼不說話？難道……我說對了？」

「……」

「喂，你說話啊！」

「所有姊姊我都喜歡。」我把下巴擺在四姊的頭頂。

「一定有最喜歡的吧？」四姊沒打算放過我。

「啊！差點忘記，五姊的喝水時間到了。」

「你別想逃！」

「請問，要怎麼樣才能放過我呢？」

「把我當成女朋友。」

「什、什麼？」

「把我當成你的女朋友，是假裝的，預演而已。」

「喔，可是我不知道該怎麼做。」

「蠢蟲！那乾脆，我把你當成我的男朋友算了。」

當四姊說完，情勢開始逆轉，她猛力將我推上床，然後趁我躺平，她剛好跨坐在我的腰上。雖然我不能確切知道她想幹什麼，不過當她平時會哭會笑的五官只剩下窘迫和羞怯，我就知道再來絕無好事。

「我記得，你親過五妹的嘴巴。」她喘息著。

「那是意外，只是嘴唇碰嘴唇而已，不算是親啊。」我趕緊解釋。

一聲「狡辯」之後，四姊雙手抓住我的衣領，彎下腰來，用彗星撞地球的力量和速度，將自己的嘴巴砸在我的嘴巴上，彼此用來緩衝的嘴唇都很薄，所以當牙齒碰牙齒……便產生了悲劇。

「喔痛！」

「嗚嗚嗚嗚……」

全天下，接吻接到出血的情況恐怕絕無僅有了。

看到四姊眼角有淚、嘴角帶血，我強忍嘴巴傳來的痛，伸手用指背替她擦掉眼淚，再擦掉血，我們姊弟倆此時面對面，她坐在我的大腿，我扶住她的腰，一個非常曖昧的姿勢。

「四姊，妳真的別胡思亂想，還是乖乖讀書吧。」

「嗚嗚……我都痛死了，你還不安慰我……」

「好啦、好啦，別哭了。」我擁抱四姊，輕輕拍她的背，像是在哄剛上小學的妹妹。

「我沒二姊性感……沒三姊漂亮……沒五妹的身材，所以你根本就看不起我……嗚嗚嗚……對不對？」

「……四姊很可愛啊。」

「才怪……你連親我都不願意……嗚嗚……說謊蟲，舌頭爛掉算了……」

「我沒有。」

「我們的姿勢都這麼色了……弟弟還是沒有反應……嗚嗚嗚……身為女生的尊嚴都被毀掉……還說、還說不是瞧不起我……嗚嗚……」

「我該怎麼修復妳的尊嚴呢？」

「生、生……日……」

「什麼？」

「我的生日啦！」

「沒問題，六月七日嘛，我記得。」

「有派對嗎……很熱鬧的派對？」

「有，我會去跟大姊申請派對款項。」

「嗯……」四姊終於收起哭聲，擦掉眼眶中的淚。

「是在畢業考之前，妳沒問題嗎？」我擔心。

「所以才要你幫我辦啊。」

「我懂了。」

「好，那生日禮物我要先拿。」

「可是……我還沒買。」

「不管！」

四姊捧起我的頭，稍稍側著臉，斜斜地吻在我的嘴角。

我一驚訝，雙手往前一推，剛好按在她白認大小適中的胸部上。

算了吧，我放棄抵抗地鬆下雙臂。

感受滿嘴的溼潤和血味。

聖德高中上空，一團壓抑的咒怨集合體盤旋，久久無法散去。

高三生要準備畢業考和大學指考，高一、高二生要準備期末考，儘管重要性不可相提並論，但被迫讀書的怨氣和咒罵都是一樣，沒有高下之分。

我自己估算過成績，期末考我只要及格，基本上全科 All Pass 是沒有問題；所以按照慣例，今天最後一節體育課，我還是來到大樓樓頂的天臺，遠望著無邊無際的雲，享受難得的涼風，把讀書這件事暫時拋諸腦後。

「喂，你怎麼知道我的望遠鏡放在出風口裡面？」

「實行變態計畫的犯罪工具不藏，難道你還會帶在身上。」

我把望遠鏡放在眼前，觀察三年級的教室，想知道姊姊們是不是在專心上課。

「……你居然用望遠鏡偷窺？」一聲淒厲的叱聲過去，再來就響起雲逸的哀號。

喔……我的心情終於舒爽多了，這是雲逸將自己女友帶上天臺、破壞祕密的絕佳報應。

「紫霞，不是這樣……我是利用望遠鏡進行觀察女性的研究計畫，就跟賞花賞鳥沒什麼不同啊……不要再捏了，耳朵會斷掉……真的會斷……」狡辯的雲逸只會受到更嚴厲的懲罰，「啊啊啊啊啊啊！」

「李狂龍！」好久不見的紫霞一樣英氣逼人，一手扠腰、一手捏耳，「你既然知道雲逸有這種變態嗜好，為什麼不早點告訴我？」

「因為他說要是拍到精采照片就要給我一份啊。」我淡淡地說。

「王雲逸！你還敢給我偷拍！在找死是不是？」紫霞宛如母夜叉降臨。

「不救我？你還在旁邊看？我都要裝助聽器了欸！」雲逸向我求援，看起來耳朵快要離開身體，「我們幾年的兄弟之情，你不能不管啊！」

「可以，但我也要反求你，目前我有兩件難事。」我蹲在護欄邊，將望遠鏡放在地上，「你，助不助我？」

「……助啦、助啦！」可憐的雲逸沒有選擇。

我雙手一撐，瀟灑地站起，昂首面對母夜叉化的紫霞，悠然開口道：「偷窺，只不過雲逸在萬千凡人中，尋找出妳的一個過程。如今，是妳讓他從偷窺狂進化成人，所以妳不應該生氣，而是要有拯救蒼生的驕傲啊。」

「……」紫霞停下手，表情複雜地問雲逸，「真的再也沒看過其他女生？」

「當、當然是啊。」雲逸和我交換一個眼神，隨即堂堂正正地說：「有了妳，我根本不需要再偷窺任何人了！」

雖然這句話無論從任何角度解釋，都是一句標準的犯罪自白。

在自己女友面前坦承自己的癖好，緊接而來應該是聯絡教官或是分手才對，但沒想到紫霞此刻的表情……居然……是有點欣慰和害羞。

嗯，果然他們不是正常情侶啊。

「好了，現在已經不是卿卿我我的時刻了。」我走過去，手按在雲逸的肩頭，「我的四姊要舉辦一場熱鬧的生日派對，所以需要你們的支援。」

「呿，這點小事。」紫霞周身浮起一圈捨我其誰的氣場，「只不過是生日派對而已，我一個人就可以搞定。」

「那就先謝謝了。」我點頭致意。

「你等我，我先去聯絡人手。」紫霞輕蔑地看了我一眼，從映河的制服口袋中拿出手機，走到旁邊去打電話。

見自己的女友走遠，雲逸突然問：「說吧，這次需要我幫什麼忙？」

「真不愧是我的摯友吶。」我佩服地說。

「你會如此慎重的要求，就不可能只是辦場生日派對而已。」

「沒錯。」

「所以呢？」

「是有關我三姊的事。」

我不知道紫霞是不是出於尊重，所以一通電話講了半個小時還沒結束，不過我趁這段時間將三姊自我封閉在房間內的狀況全盤告訴雲逸，包括戀鬥社的事也講了，甚至我自己歸納出的三個重點「戀鬥社」、「唷學姊」、「前男友」也沒瞞他。

正所謂疑人不用、用人不疑，我之前最大的困境就是沒有隊友，如今得雲逸一將猶勝千軍萬馬。

「所以……這世界上真的有鬼？」想了半天，他只得出這個結論。

「應該是有吧。」我很不想討論這個問題。

「解鈴還需繫鈴人，好！我們就從傳說中的唷學姊開始下手吧！」雲逸一掃原先的困惑，雙眼在噴發光芒。

「……」我有點後悔找他了。

「第一個關鍵步驟，就是『玩．碟．仙』！」

「……」我現在把他從天臺推下去，還來得及嗎？

「你不要以為我是隨便講講，你不找家裡的人跑來求我，就表示這個行動你不願讓家人知道，所以目前唷學姊和你家的關聯性最遠，在保密方面一定最妥當。」

「……」我竟然認同他的分析，畢竟二姊和唷學姊鬧翻了。

「於是，今夜，讓我們見鬼吧。」

「……」我還是想推他下去。

我先說，除非你是一個為了姊姊不顧一切的弟弟，或是一個笨蛋，或是笨蛋的女朋友，要不然請勿輕易嘗試，這個從五、六〇年代流傳至今的乩術，「碟仙」。（註2）

曾經被政府禁止的活動，沒想到竟然在聖德高中，傳聞中啃學姊上吊自殺的教室重新上演。

明明是夏夜，可是我覺得好冷……好冷……

我、雲逸、紫霞一共三人，圍在一張課桌。

為什麼紫霞難得放半天假，不辭辛勞跑到男朋友的高中後，不去看電影、不去逛街，卻留在空蕩無人的校園內直到半夜十二點鐘？呃……不要問我，我不懂笨蛋女友的想法。

「這次多虧了紫霞，聽說要請碟仙必須要有象徵『陰』的女性加持，所以陰到不能再陰的紫霞簡直是絕佳人選。」

「……為什麼我聽了，會覺得很不爽？」

這對情侶竟然在鬼氣森森的教室打情罵俏，已經快要突破我的認知極限。原本我死都不願意參與，但雲逸在我還在抗拒的時候，準備好所有道具，我變成了被趕上架的鴨子，莫名其妙就坐在這。

桌面上鋪著一張寫滿漢字的請神黃紙，左上角插著一支白蠟燭，右上角一碗白米上插了三根香，在微弱的光芒之中，還瀰漫著若有似無的白煙，氣氛開始變質，恐懼和黑暗混成沒有形體的陰霾。

我們三人各伸出右手食指，一同按在請神黃紙上的圓碟。

「碟仙、碟仙請出壇……」

雲逸特地壓低嗓音，短短一句話卻在教室內產生無數回音。

原本我還存著僥倖的心態，認為碟仙只不過是鄉野奇談，更何況雲逸從網路上查到的玩法應該不會有效果，但是在第一個問題過後……我真的徹底傻眼了。

「妳是神是鬼？」

畫有紅色箭頭的圓碟緩緩移動，直到「鬼」字停下。

我和雲逸臉色蒼白。

「你們真的很假欸！」紫霞沒好氣地說：「誰偷偷移動，自己承認喔。」

雲逸沒理會自己女友，再問：「請問是唷學姊嗎？」

圓碟再度移動，直指「是」這個字。

我要哭了，真的。

就算我不停說服自己，眼前只不過是一張紙和一個圓碟，絕對比和唷學姊面對面說話來得好，可是害怕卻依然不受控制。

「不」、「怕」、「我」、「無」、「惡」、「一」。

唷學姊像是猜到我的想法，竟然還會安慰我？

「你們真的很會演，原本我就預料你們會聯手嚇我，但沒想到只是這種幼稚的伎倆。」紫霞不滿地說。

「是、是真的……」我出聲提醒。

「好呀，如果真有碟仙，那回答我，我們之間誰最笨？」紫霞一臉不信。

圓碟快速地挪到「紫」。

「喂，你們敢說我笨？你們才是笨蛋好不好！」

紫霞很生氣，我跟雲逸很害怕……

「我一定要拆穿你們的騙局！」紫霞很不恰當地燃起不必要的鬥志，「碟仙回答我，現在我的內衣是什麼顏色？」

半晌，圓碟沒有動，當我們意識到紫霞是穿「紫」色內衣後，果然某人就惱怒了。

「你們兩個變態，是什麼時候偷看到？一定是我彎腰的時候，從領口偷看的，對吧？」

「「……」」我和雲逸。

「好，我就不相信你們能回答這個問題，碟仙請告訴我，昨天晚上我夢到誰？」紫霞自認一擊必殺之問。

看得出來，圓碟猶豫片刻，然後開始滑動。

指在「雲」字。

正當雲逸高興傻笑之時，圓碟再度移動。

跑到「龍」字。

「你們很噁心欸！」紫霞勃然大怒，將手指收回，拍桌而起，「這一定是某種魔術吧？我不玩了！」

然後她就怒氣沖沖地走出教室，遺留下還沒回神的我與雲逸。

我也好想追隨她的腳步而去，可是距離三姊封閉自我的真相只差一步，絕對不能在此刻退縮，所以我不斷說服自己，利用碟仙交談總比面對面好，我應該能夠支撐得住。

「有什麼……問題就快問吧，我有點想去廁所。」雲逸的臉在抽動。

「我知道。」我的雙腳在顫抖，卻還是鼓起勇氣問：「請問妳和李亞玲爭執的原因……可以、可以告訴我嗎……」

「她」、「偏」、「心」。

圓碟指出這三個字，毫不猶豫。

「什、什麼意思……我不懂……」再不講清楚，我就要休克了啊。

「她」、「護」、「妹」……

指到第三個字，圓碟開始在桌面上亂繞，行進間我都能感受到無邊的怒意，整間教室似乎在震動，最後圓碟停下，指出最後一字。

「妹」。

她護妹妹？所以是二姊保護三姊？啊！對了……

「是因為戀鬥社被毀去的事嗎？」我彷彿抓到頭緒。

「不」、「止」。這次圓碟很乾脆就給出答案。

真相呼之欲出，我忘記害怕，趕緊追問：「那還有什麼事情得罪妳？」

圓碟沒有動，我和雲逸交換一個眼神，圓碟還是沒有動，就像是原本有三個人在對話，突然間寂靜無聲般，怪異、不尋常。

「……請問，三姊還有什麼地方冒犯妳？」我再問。

這次，圓碟很反常，用很慢很慢的速度，繞了桌子一大圈，彷彿﨑學姊在猶豫要不要說出來。

等到她願意鬆口，圓碟便停在……

「承」、「諾」。

「什麼承諾？這個承諾和三姊不願意離開家有關係嗎？妳們之間到底發生什麼事了？」

我這一連串的問題卻沒有得到回應，教室內的陰寒退去，夏夜的悶熱再度襲來，連雲逸都很錯愕，唷學姊就這樣說來就來、說走就走，扔下幾條看似關鍵，但是讓人看不懂的線索。

「會不會是請神黃紙上的字不夠用呢？」我自言自語。

「有可能，她應該要現身和我們見面。」看得出來雲逸還處在第一次靈異接觸的亢奮中。

「……那我要多謝她的體諒。」我苦笑。

「話說回來，我們有得到什麼有用的情報嗎？」雲逸吹熄蠟燭，開始收拾場地。

「好像有……但是很模糊。」我按著額頭。

「其實我在想，為什麼不直接詢問你三姊，這樣最快、最有效率啊。」

「她不可能說出來自己的心結所在。」

「那應該是你的身分問題吧。」

「……什麼意思？」我看著他，困惑。

「你用弟弟的身分，她可能不好意思講，但你用『朋友』的身分，說不定就有機會。」雲逸一語道破。

這很可能是正確的方式。舉例來說，感情問題通常不方便告訴家人，但是卻可以對自己的死黨或手帕交侃侃而談，所以我們常常聽到某某醉女被男友甩了，結果在酒吧和朋友們買醉。

可是，和爸媽買醉，或是和弟弟一起買醉，實在是少之又少。

「我的話有道理吧？」雲逸擺出一個「信我就對了」的表情。

原本是想吐槽他的，不過看在他難得說出有用的話，我就當做積口德吧。

「收拾好了，走吧，我還要送紫霞回家欸。」

「……可以請你背我嗎？」

「幹麼？」

「因為我腿軟，目前站不起來……」

「喔。」

「……你去哪？」

「回家啊。」

「啊我勒？」

「留在這給我深切反省，下次不准出現在我女友的夢裡。」

「……」

「三姊！出來玩！」

一個禮拜六的下午，大姊在工作、二姊出去玩、四姊和五姊去學校讀書，只剩我與三姊在家，於是我把握這個機會，要求三姊走出房門。

「不要找我玩……」三姊在房內輕聲說。

我刻意不打開門，讓彼此隔著一片木板說話，「三姊，今天放假，妳要是不陪我出去玩的話，後果會很嚴重吶。」

「……弟弟還是找別人吧。」

「四姊生日要到了，陪我去買禮物。」

「我在、我在網路上買好了……」

「三姊。」

「怎、怎麼了？」

「真的不出來？」

「不要……」

「好，我要讓妳後悔，等著瞧。」

我撂下狠話，開始著手準備計畫，因為需要不少經費，我的零用錢又有限，所以只好挪用四姊生日派對的公款，來添購各式各樣的道具。反正將來還能回收再利用，萬一被大姊發現就用這套說詞搪塞過去，要是被四姊抓到，那我只好賣萌看能不能混過去。

原本我就知道計畫不容易實現，但沒想到會如此棘手，從下午一點多，一直忙到快要四點才準備完成。

當一切就緒，所有道具都在一臺手推車上，等我重新回到三姊的房門前，帶著視死如歸的氣勢……衝！

「三姊啊啊啊啊啊啊啊！」

我強行撞開房門，嘴巴大吼助威，雙手推進手推車。

三姊驚恐地躲在棉被內，整個身體縮成一團，藏入牆腳，只露出一雙眼睛。

「弟弟……你要對我……你要對我做什麼？」

「三姊。」

「……我在。」

「三姊！」

「……我在這。」

「三姊三姊三姊！我們來露營吧！」我興奮到不行。

「……」三姊頓時當機。

「妳不出門也沒關係，我們就在妳的房間搭帳篷，一起快樂地玩耍吧。」我微笑。

「為什麼……」三姊茫然地望向我，「弟弟要這樣……這樣對我……」

「因為我是妳唯一的弟弟啊。」我大笑。

聽我這麼任性的說法，三姊似乎非常激動，死白的膚色漾起整片的粉紅色。

「妳想宅，我們一起宅；妳愛露營，我們一起露營；妳沒有朋友，我當妳的朋友，就這麼簡單。所以妳還不趕快離開棉被，幫我一起搭帳篷？難道妳要我一個人活活累死嗎？」

「好的……我來了。」

我們姊弟倆攜手合作，先把手推車上的物品都卸下來，縱使三姊還是處於「現在到底是什麼情況」的狀態，不過當道具就定位，開始發揮效果。我最後將房間的燈關掉，三姊就懂了。

房間中央立著一頂帳篷，帳篷前有一個塑膠燈假扮的火爐，火爐旁有電磁爐正在煮熱水，附近放了幾盆花草，當所有光源只剩唯一的塑膠燈假火光，我們就像是在某個山腰露營，不過……還是要靠一些想像力輔助。

我和三姊並肩坐在火爐邊，就算塑膠燈無法散發任何溫暖，可是我們仍然能感受到彼此的體溫。

「弟弟，謝謝。」三姊幽幽地說。

「妳還沒看見我的大絕招欸。」我神祕兮兮地按下某個開關。

下一秒鐘，滿布的星光投射在四周，美得令人眩目，我忍痛買下的星光投射燈果然沒讓我失望，三姊灰白慘澹的牆總算有了最璀璨的星空，正在閃閃發光。

三姊脫下眼鏡，抬起頭讓星光映射在自己水汪汪的瞳孔上，她的嘴脣似乎在輕輕顫動，直到眼角流下一滴眼淚，劃過那紫色的胎記，我才驚覺大事不妙。

「妳不喜歡嗎？」

「……弟弟真的是笨蛋呢。」三姊用手腕抹掉淚痕，終於破涕為笑，「我當然喜歡。」

「有多喜歡？」我鬆一口氣。

三姊的臉突然湊過來，在我的臉頰邊吻了一下，低聲道：「弟弟連星星都為我摘來，當然喜歡呀。」

我搖頭說：「妳太誇張了，星光投射燈跟真正的星星……差得太遠。」

「沒關係，對我來說，這和真正的星空一樣，甚至更美。」三姊依偎在我的手臂旁，很幸福滿意的模樣。

電磁爐終於煮沸開水，我小心翼翼地倒進兩個鐵杯內，再加入粉末狀的三合一咖啡，等香味四溢在空氣之中，才添進冰塊攪拌，兩杯即溶咖啡調製成功。

三姊輕啜一口，點了點頭，放下鐵杯，微笑地說：「弟弟還記得小時候我們也曾經去山上露營嗎？」

「當然記得，二姊不是抓了一條蛇把四姊嚇到狂哭，結果被大姊罰跪在一棵大樹下。」我一想到當時的荒唐場面，也不禁苦笑。

「二姊每次都讓全家人頭疼。」

「也只有妳能和她睡在同一個房間吧。」

「嗯……弟弟還記得我們小時候玩一個名字叫做『輻射災害』的遊戲嗎？」

「……那是？」

「就是我們待在床上。」

「喔。」靠北，我想起來這個靠北遊戲了。

這個遊戲的玩法其實相當簡單。那天是某個國小的暑假，除了大姊去工作之外，所有人都在家。在無聊之餘，二姊利用她三寸不爛之舌和網路上的唬爛截圖，讓自己不滿十歲的弟妹們相信臺灣的核電廠剛剛爆炸了。

外面的世界都是輻射汙染，只要一接觸，立刻變成畸形，長出三條腿和六隻手。當然二姊又馬上跳出來安撫所有受到驚嚇的弟妹，用讓人信服的語調說：「床的周圍有防輻射護罩，待在床上就會沒事。」

於是我們五人一窩蜂地擠在就是現在三姊睡覺的床，沒有一個人敢下床，不過值得慶幸的是，床上有很多漫畫跟零食可以消磨時間。等到核災過去，我們可能就是全地球為數不多的倖存者。

當然，因為在外打工的大姊必死無疑，我和四、五姊還因此大哭一場。

小小的床，就成了我們僅剩的活動範圍。

漸漸的，最可怕的夢魘還是來了……

就是尿急。

「後來……你還想尿在瓶子裡，差點讓我氣死。」三姊無奈地說。

「都世界末日了，還不准我尿？」我在忍笑。

「這、這可是我的床啊。」

「但是當時不只是我，就連四姊都憋到在打滾了啊，妳居然不體恤自己的弟妹……好殘酷。」

「這樣不對吧，我們不是在談二姊嗎？」

「喔對，等到時間一長，真正對我童年造成陰影的事件發生了。」

每個人的膀胱都差不多大，所以當我的膀胱快撐破，其實二姊自己也沒好到哪去。況且當時她已經讀國中了，要在弟弟妹妹面前上廁所實在太過羞恥，於是她做出一個令所有人都想不到的動作……

雙腳踩在地板，離開了床鋪的範圍，暴露在「輻射」之下！

「「「二姊！快回來啊！」」」當時的我和二、四、五姊異口同聲大喊。

「笨蛋……」二姊氣勢凌人地說。

我們同時被她震懾住了。

「難道你們不知道只要憋氣就不會吸收到輻射了嗎？」

說完，二姊捏住自己鼻子悠閒地走去廁所，當時我才知道原來姊姊這種生物，也是有可能出現壞蛋的。

在人工的星光之下，我們姊弟兩人隨意聊著童年的趣事，原來有一個人可以和自己擁有這麼多的共同記憶，是那樣的美好。

三姊又接著說了二姊幾件不可告人的祕密，包括曾經忘記穿內褲去上學、在喜歡的男生面前放屁、開了太色的黃腔被記警告、夢想是在電車上騷擾可愛的男生，還有很多很多……只不過我笑到記不住。

「為什麼……哈哈哈……為什麼妳會知道這麼多二姊的祕密？」

「因為我是她妹妹，又跟她睡在一塊……」

「四姊和五姊也是她妹妹啊。」

「我想嘛，應該是因為我和她有血緣關係吧。」

我頓時斂起了笑容，血緣關係一直是家裡的禁忌，為什麼三姊會如此篤定？難道她和二姊私下去偷偷驗過……

「別亂想，我們不會去違反大姊的命令。」三姊握住我的手，讓我們十指交扣在一塊，「這是二姊告訴我的，當時我們流離失所，是爸爸可憐我們，才願意伸出援手帶回家裡。」

「爸爸？」有點陌生的名詞。

「當時，我還有點印象。在第一次進家門之前，爸爸還特別交代一定要對大姊很有禮貌，要不然隨時會被趕出來。所以我還很忐忑不安，不過當見到大姊，她也沒有嫌棄我們，只是令人哭笑不得地說出一句話。」

「什麼話？」這件事發生在我很小很小的時候，所以我完全不知道。

「『爸爸，你要是再被外面的女人騙，就給我去當和尚吧』，嗯……就是這句。」

三姊皺起眉毛說：「所以後來爸爸真的去修行是不是因為和大姊有什麼協議，我就不清楚了。」

大姊在家中的權力居然到了這種程度……

「不過後來大姊正經地問我和二姊一個問題，讓我再次錯愕……心想這位漂亮的大姊姊為什麼會這樣呢？」三姊的雙眼逐漸失焦，正在腦海裡追尋很久遠的記憶片段。

「大姊說出什麼很凶的話嗎？」

「不，她說，不要認為自己被拋棄，妳們只不過是和生母沒有緣分罷了，如果妳們願意姓李，我就願意養妳們長大。」

「……大姊，真的是個神奇人物。」

「她也就大二姊幾歲，為什麼說出來的話會讓我深信不疑呢？到現在我也不知道答案。」

「是啊，真是可怕。」

我們姊弟聊起自己的姊姊竟然一發不可收拾，當然更多的時間還是在二姊身上打轉，畢竟她可惡的行徑太多，到了罄竹難書的程度。

「吃晚餐了。」

「沒想到……六點了。」

「露營的時間總是過得特別快啊。」

「原來如此。」

我從冰桶裡面拿出泡麵和雞蛋，利用電磁爐成功煮出兩人份的晚餐，正當我們伴隨大自然音樂，聽著蟲鳴鳥叫，眼觀滿天星斗，幻想自己處於深山野林中時，突然有兩位不速之客闖入……

「我也要！」四姊。

「……龍龍在這。」五姊。

「妳們要讀書啊。」我趕緊阻止。

「好餓。」四姊。

「好漂亮。」五姊。

「妳們聽我講話啊！」我嚷嚷。

「妹妹一起來露營吧。」三姊對她們招招手。

我萬萬沒想到，幻想式的露營逐漸變得真實，在小小的帳篷中擠了四個人，我們在談天說地中度過美好的時光。等到晚上十點多，我要將三姊的房間恢復原狀，卻被三位姊姊給嚴正拒絕。

「弟弟，帳篷拆了，那我們要睡哪呢？」

嗯，好問題。

於是我們四個人就塞成一團，在快要爆開的帳篷中睡了一夜。

身為人肉床墊的我，老實說，有點痛苦……

三姊，要當妳的朋友，好難。

「弟弟，陪我……」

「陪妳去哪？」

「走吧。」

「已經凌晨一點，三姊、五姊都睡了。」

「我知道，不過你就陪我去啊。」

「四姊，如果妳敢說出『血淵之境』或是『墜魂國度』這種地名，我保證再也不聽妳說話。」

「不是……我是、我是想去……廁所。」

「……妳剛剛說出的地點居然比前往血淵國度更讓我火大。」

「外面很危險呀，我們在深山內，有蛇、有熊、有魔神仔欸。」

「四姊……我們其實是在三姊房內露營好嗎？」

「不管啦，要是我被熊叼走怎麼辦？」

「等牠放妳下來的時候再通知我。」

「喂！咒殺你喔！」

「好、好、好……我們小聲點，不要吵醒其他人。」

雖然四姊從小到大都有入戲過深的問題，譬如說上述二姊唬爛出來的遊戲「輻射災害」，我們在看見某個捏住自己鼻子就可以無視輻射的壞蛋去上廁所之後，大概就知道整場遊戲都是個騙局。

可是只有四姊無論如何都不敢離開床，直到大姊回家讓二姊跪地認錯之後，才終於跑去廁所好好解放。

更別說她現在還深陷於某某血族與人類的身分認同中。

啊，反正我真的不懂她。

四姊壓低聲音道：「弟弟進來。」

「幹麼？我還要幫妳擦屁股嗎？」我問。

「才不是！」快要惱羞的四姊拉起我的手就往廁所而去，還神祕地將門鎖上。

我們兩人就待在約兩坪大的廁所內，妳看我，我看妳，妳看我，我看妳……

「我要回去睡了。」

「等等……我有一個問題要問你。」

「白天也可以問吧，妳明天要上課欸。」

「白天人那麼多，而且你最近都只找三姊而已，我根本就被冷落了啊。」四姊雙手捧在胸前，很委屈的模樣。

雖然我完全不懂冷落是怎麼一回事，但是她既然不高興，那我就應該試著聽她說話，算是盡到弟弟的責任。所以我坐在浴缸邊，用極其認真的神情聆聽。

「上次我們接吻，你、你有什麼感想嗎……」

「很痛。」

「喂！你奪走我的初吻還用這種態度！」

「四姊……最近妳到底是怎麼了？」

「什麼怎麼了？」

「就是變得有點焦慮……嗯，五姊似乎也有這種問題。」我側過頭問：「是月事不順嗎？」

「你才大腸不順！笨蟲！」四姊要衝過來打我，可是卻撞進我的懷中，不動。難得沒有對我動粗，我獎勵性地摸摸她的頭。

「五妹想的一定和我一樣……唉，好煩喔。」嗯，真的很煩，四姊靠在我的胸前一下像母老虎、一下像小綿羊，反反覆覆，「弟弟，如果我們都畢業了，你該怎麼辦？」

「繼續讀書啊。」

「所以我和你分開，你都沒影響嗎？你都不難過嗎？」

「我不太懂……為什麼要難過？」

「色鬼！你一定是打算趁我不在，就可以盡情去覬覦剛入學的高一學妹！」
「其實我真的沒想那麼遠……」
「你就可以正大光明交女朋友了，對不對？」
「四姊……請聽我……」
「我才不要和弟弟分開！」
我摀住她的嘴，壓制逐漸高漲的音量，並且在四姊耳邊焦急地說：「都要考大學了，現在不是胡思亂想的時候吧。」
「可是我畢業的話，一定有很多女人會趁虛而入啊。」
四姊不滿地拉開我的手。
「不要再講任性的話了，妳看五姊讀書多認真。」
「她比我更擔憂好不好！」
「好，我們先不要去追究其他事，大姊有說過，考生就是要全神貫注在課本上，妳不能在這種時候分心。」我用盡十七年來鍛鍊出的功力，全力安撫準備脫軌而出的四姊。
可是她卻說出讓我苦惱的話——
「弟弟，你喜歡我嗎？這次不准逃避、不准打哈哈、不准轉移話題、不准說所有姊姊都喜歡！」

對於這個問題，我和四姊雙目相接，在廁所慘白的燈光中，我還是搖搖頭道：「我沒辦法回答選項都被拒絕的答案。」

「卑鄙。」

「我不卑鄙，姊弟談這種事本來就很怪。」

「我們不是親生姊弟！這是常識啊，你和我的生日才差十一個月，怎麼可能是同一個媽媽生的？」

「有可能是同父異母。」

「我們家爸爸哪有這麼花心。」

「誰能確認？」

「好，如果我們不是姊弟，那你就要給我一個確定的答案。」四姊將原本壓抑在心底的想法一次說出來，「不可以再玩弄我，不可以再讓我、讓我整天七上八下，擔心你會不要我！」

雖然我很想解釋，她剛剛說的統統沒發生過，但是見到四姊因失眠而布滿血絲的眼眸，我再爭論這些沒意義的言語，只不過會讓她更難過。

「……四姊，我阻止妳，會有用嗎？」

「絕對沒用。」

「好吧，妳小心被大姊發現。」

「我知道。」

「那我們回去睡覺吧。」

「等等，我的生日派對呢？」

「進度良好，邀請卡都有了，準備向親朋好友發送。」

四姊滿意地點點頭，我也滿意地點點頭，看起來我們之間終於有共識。

「對了。」她瞇起雙眼，突然若有所思地說：「有一張邀請卡替我送給三姊的前男友。」

「……妳知道是誰？」我嚇到。

「廢話，關心自己姊姊是妹妹的義務啊。」我怎麼覺得她的雙眼剛剛閃過一絲心虛，「還有，你以為我不知道你整天繞在三姊身邊的原因嗎？蠢蟲！」

「為什麼要邀請他？」我忽然冒出好多問題。

「你如果跟我一樣，希望三姊能恢復過去自由自在的模樣，那你就乖乖去寄。」

「妳怎麼知道有效？」

「直覺。」

「……那個人是誰？我先找他談一談。」

「姓蕭，名章傑，公誠大學的學生。」

我居然聽過這個名字……

第四條　不准邀請鬼參加姊姊的生日派對

我原本以為四姊是去偷看三姊的祕密文件，或是在三姊的電腦植入木馬病毒，才會知道我費盡心思都問不出來的祕密。

後來才知道四姊是在戀鬥社社團教室的天花板上，看見一片退社申請，上面記錄蕭章傑成功與李玄玲交往。一旦得到名字，要查到此人的近況就沒有難度，看來雲逸建議我用朋友的身分去跟三姊聊聊，實際成效還不如四姊給我答案。

我必須要快，三姊的問題再拖下去，她會越來越不習慣接觸人群。

眼前，一位歌手在校園的角落演唱，吸引不少女大學生佇足，一邊聽著他渾厚的嗓音、一邊冒出粉紅色的泡泡。正所謂人帥真好，在此刻完美體現，不過他的歌唱得不錯，條件又好，說不定以後會成為電視上的藝人。

一曲又一曲悲傷的歌結束，不少人準備鈔票和零錢要給他，卻沒有地方可以放。只見站在大樹樹蔭下的歌手對所有人輕笑，彷彿附近颳起一陣沁心透涼的微風。

「我不是街頭藝人，你們不用給我錢，會在這唱歌，是因為我的心理醫生建議我這樣做。」

沒想到他還帶有憂鬱的屬性，現場好多女生都流露出母愛，好想把他帶回家好好照顧一番。

第一次認知到，原來長太帥也未必是真的好。目前這位帥哥就被許多女生糾纏，我雖然離他們五公尺之外，但依然能感受到他暫時無法脫身的痛苦。

「你！同學！就是你！」

「……我？」

「對，就是你。」

他忽然從人群中拎著一把吉他過來喊我。

「跟我走。」

「去、去哪？」

喂，我一個大男人就這樣被另外一個大男人拖走，這個畫面無論我怎麼想，都覺得非常怪異，直到公誠大學的另一端，他才願意放開我的手。

「我一在找你。」他對我說。

為什麼角色就這樣互換了啊！

「我也一直在找你。」我對他說。

「那我們在一起吧。」

「……請不要亂講啊。」他豪爽地大笑。

「對不起，哈哈。」

「哈……哈哈……」我也陪他乾笑幾聲。

「好了，我要講認真的。」他瞬間收起笑容，朝我九十度鞠躬，「對不起，上次在礁溪讓你和你女友被騷擾了，我原本就想請你們吃頓飯賠罪，還好今天我們終於相遇了。」

「其實她不是我女友……」

「喔，沒關係，我請你們吃頓飯吧。」

「飯就不用吃了，我來這是想問你，當天會在礁溪的街頭遇到你……該不會是要找人……」

「對，我是想再見玄玲一面。欸，等等，你怎麼會知道？」

「蕭章傑學長，我是你聖德高中的學弟，也是李玄玲的弟弟。」

「所以……所以……所以……」他說到一半，突然間哽咽，一個二十歲的男人就在我面前眼眶泛紅，隨即落下眼淚，「是玄玲終於願意見我了嗎……是嗎……」

「……」靠北，我要瘋了。

看見他在哭，身為男生的直覺告訴我要立刻撤退，不過我才遲疑了一秒，事態已經惡化到無法挽回的地步，他告訴我「心理醫師交代一定要將情緒宣洩出來」，所以希望我能陪他說說話，不會耽誤太多時間。

這一耽誤，三個小時過去。

不過我也不是沒有任何收穫，在他支離破碎的隻字片語中，我能夠漸漸拼湊出他和三姊交往的過程。

他就讀高中的時候，在某個因緣巧合之下，喜歡上看起來集睿智、俏麗、優雅於一身的三姊，瘋狂追求三個月卻沒有任何進展，不管是禮物或是鮮花，三姊從來沒收過一次。外加三姊平時不是上學就是回家，連社團都沒參加過，所以也沒留給這位蕭章傑學長太多機會。

就在他因苦戀不得，整個人逐漸削瘦，連原本的帥氣容貌都喪失之際，他不小心碰到一群宛若天使下凡的人出手拯救……

「是戀鬥社吧。」我和他面對面坐在公誠大學的戶外咖啡館內，我直截了當地說：「這個社團已經解散了，所以學長就不必再遵守社規。」

「原來……你也知道。」他閃過一個不可置信的表情，但隨即又恢復那副彷彿被人欠了八千多萬的樣子，「那我就直言了，戀鬥社真的幫我太多太多……」

三姊和這位學長交往過，其中有戀鬥社的影子，我該說意外，卻又不是很意外。簡單來說我是詫異戀鬥社當真無所不在，可是轉念一想，要是沒戀鬥社，他又怎麼可能獲得三姊的芳心。

不知道為什麼，一想到此，我也漸漸開始有些憂鬱不滿，想必是被傳染了。

「戀鬥社集全社之力，規劃出七個行動計畫，用掉整整八個月的時間，卻還是沒讓玄玲接納我。正當所有人都認為即便我重新轉世投胎也不可能讓她愛上我之時，有一位宛如天神化身的學妹……」

「白元希嗎……」我垂下頭，打斷他說話。

「你也認識嗎？她最近過得好嗎？我永遠欠她一個莫大的恩惠。」

「我倒情願不認識她……算了，你繼續說吧。」

「喔，好的。」

從他的口中得知，元希不知道從哪裡重金聘請來一位「很特殊」的心理學者，女性，大概才二十來歲，她有一項專長叫作「戀人側寫」，所以她又被稱為「戀人側寫師」。

罪犯側寫師我就聽過，他們可以利用犯人遺留下的蛛絲馬跡，從心理學的角度慢慢推敲出犯人的特徵和特質，幫助警方去追捕嫌犯，不過這個戀人側寫師不知道是怎麼回事？

「她的工作就是接近玄玲，然後觀察她的一舉一動，進而推論出玄玲喜歡的類型，然後我再改變自己，盡所有力量讓自己更接近她會愛上的模樣。」他對我解釋。

我卻呆若木雞，沒想到戀鬥社還有這招，實在是太厲害了……

「舉例來說，玄玲喜歡不戴眼鏡的男生，所以我就開始戴隱形眼鏡；玄玲喜歡語氣柔和的男生，所以我就開始注意語調和音量；最特別的是，她喜歡某種香味，所以我……」

「可以了，我懂你的意思，後來呢？」我突然有點煩躁。

「後來還是花掉四個月的時間，她終於點頭，我們才交往，正式成為一對戀人，彼此之間如膠似漆。我期待每一節下課，只願意跑到她教室的窗前與她交換一個眼神，我更期待每天放學，我們一起走路回家……」

「可以了，再後來呢？」

「然後、然後某一個晴天霹靂的上午，我就收到玄玲的信，上面說要、說要……說要跟我分手……嗚嗚嗚嗚……這太不公平，為什麼老天要拆散我們，讓我的靈魂從此少掉一半，忘記怎麼去笑……每天以淚洗面，直到家人帶我去看心理醫生……」

這不太對，他說的和我所認知的有矛盾。我原本猜測是三姊被他拋棄，所以才封閉自我，從此不願意接觸外人，但是就這位哭哭學長的說法，竟然是三姊莫名其妙甩了他。

「醫生說我要哭就哭，千萬不能壓抑情緒，然後開始接觸其他異性……我才不要，我只要玄玲一個……我只要她一個……嗚嗚嗚……其他女生我都不喜歡……給我玄玲吧……」

到底是哪裡出現錯誤？我一手撐住下巴，開始回憶過去的一些記憶片段，比如唷學姊說的承諾到底又代表什麼意義？這承諾又跟哭哭學長有什麼關係？我整個腦袋簡直是一團亂。

「所以……所以你幫幫我吧？至少、至少我要知道……玄玲為什麼不要我了……讓我死得瞑目吧……好嗎？我知道玄玲這一年多來都不願意離開家……一定是在躲我……可是我真的不知道自己做錯了什麼啊……嗚嗚……」

難道三姊真的是要躲避他？不，不像，三姊沒有恐懼，自囚的行為反而更像是在懲罰自己。

「我上次一打聽到你們家要出去玩……玄玲也有出門……我馬上搭火車過去，可是在宜蘭找了整整兩天，還是、還是沒見到她一面……嗚嗚嗚……我好可憐喔……」

我總覺得他和三姊之間，一定還發生了某個關鍵的事件。要不然三姊絕對不是隨隨便便玩弄人家感情的人，她也絕對不會因此就糟蹋了青春年華，連大學都沒去讀，徹徹底底地將自己關在房間內。

「結果我回去找……回去找戀鬥社幫忙……可是、可是就連他們都幫不了我了……我的退社申請就是天大的笑話……嗚嗚……真的很可笑……很可笑……」

「**對！**」

我一手拍在咖啡館桌面，附近桌的客人紛紛收回看戲的眼光，就連哭哭學長都收回眼淚。我大概知道是怎麼一回事了，「就是因為戀鬥社的關係啊！」

「什、什麼意思……」他愣住。

「學長，你有沒有興趣參加我第四位姊姊的生日派對？」

「有，我很有興趣。」

「但前提，我希望你成為派對的節目部分，上臺唱首歌好嗎？」

「一百首都行。」

「還有，不准一想到我三姊就哭，要不然我會請你離開。」

「一定，就算把淚腺割掉都可以。」哭哭學長理解到有和三姊見面的可能，立刻沒了剛剛的哭腔，眼淚瞬間不見蹤影。

「李金玲的生日派對歡迎你。」

我從口袋中拿出一張十公分長的邀請卡，鄭重地交給這位學長。

替四姊送邀請卡的行動還在繼續。

這次真的很感謝「辦趴專家」紫霞和「專業勞工」雲逸，讓我無後顧之憂專注於眼前的工作。

趁中餐時間，我來到三年級的教室，走進四姊的班級對每位學長姊送出邀請卡。其實我一直感到奇怪，為什麼四姊不自己送，畢竟都是自己的同學嘛，結果她認為壽星親自去邀請，要是被拒絕的話就太丟臉了，所以弟弟丟臉比較沒關係。

嗯，好吧。

等我送完四姊的班級，又到魔術社的社團教室，放一疊在講臺上，順便在黑板留下邀請詞──

「雖然社長平時一定對你們很壞，但是你們如果不來，她就會對你們更壞喔。」

魔術社已經被四姊荼毒了快要三年，至今能堅持留下的人百分之百是個M，所以用恐嚇的話語會收到比較好的效果。

我看著手上最後三張邀請卡，心中其實有些不安，實在不確定當我送出之後，會產生多少無法控制的意外。雖然我問過四姊，她說只要不讓她看見就沒關係，換個角度來說就是出事我負責。

我刻意第二次走到三年級的教室區，站在門前著實讓我有些緊張，可是這一步不跨出不行。

推開教室門，冷氣迎面而來，真不愧是全校唯一有安裝冷氣機的班級。

「好舒適……」我不小心脫口而出。

「難得你會來找我。」教室內的元希朝我揮揮手，「過來陪我吃飯吧。」

這冷氣機和電費完全由白家提供，老師和同學欣然接受，活在雲端的人果然和我不一樣。

原本五、六個人圍在她身邊，等我一走過來，方圓五公尺內瞬間沒有任何人；中餐吃到一半的，也自動自發端起便當到講臺吃。她身邊彷彿有某種結界會自動過濾不相干人等。

我在她隔壁坐下，她蓋起雕花木盒，把吃到一半的壽司放進抽屜，轉過身來，優雅地將雙腳交疊，兩手按在裙襬之上。

「我打算等畢業考考完，再找你玩個有趣的遊戲。」她輕鬆地說出讓我膽戰心驚的話。

運動會之夜，那場惡夢不解決不行，否則她手中握有的祕密會讓我很痛苦。

「我知道妳要玩，所以我硬著頭皮先來找妳。」我只能假裝出平淡的語氣，「希望妳能夠再考慮考慮……」

「考慮什麼？」

「替我保守祕密。」

「這是遊戲的獎品呀，你都還沒開始玩。」

「不，我沒辦法參與妳的遊戲了，我玩不起，也不敢玩。」

「玩具是不能決定自己要不要玩的啊。」

「雖然很可恥，但是我認同妳說的話。」

「既然認同，那我告訴你遊戲規則吧。」她稍稍前傾，將嘴挪到我耳邊。

她還沒開口，反倒是我先低聲道：「學姊，我會給妳一個新玩具。」

「……」她狐疑地坐回椅子，一言不發。

很顯然，沒聽到我求饒或反抗，讓她非常地懷疑和不滿。

既然我都已經開口，直到她說話之前，我也只能靜靜地凝視她。

「你有什麼陰謀嗎？」

「沒有。」

「我不信。」

「來參加我四姊的生日派對吧。」

我在元希滿溢而出的警戒中，將邀請卡平穩地放在她的桌面。

「現在是……你在創造遊戲讓我玩？」

「妳不敢玩嗎？」

元希掩嘴，噗哧一聲笑了出來，在安靜無聲的教室中顯得格外受矚目。

「你想玩，好，我就陪你玩。」

「當天，我就等學姊大駕光臨。」我恭敬地說。

「我會去。」她將邀請卡收進抽屜，仍止不住笑意，「希望當天，你的把戲不會讓我失望。」

我解釋再多也沒有用，乾脆不說話，直接起身離開。當我才走出教室沒有多久，剛踩下樓梯第一階，就聽見元希教室傳來巨大聲響，好像是桌椅被推倒、砸爛，夾雜無限的怒氣。

手上拿著僅剩的兩張邀請卡，我將其中一張放進褲子口袋。刻意放慢腳步，好讓我有更多時間確認這張邀請卡背後所代表的意義。

對於元希，我已經沒有運動會之夜後的怒氣，每當我追尋著「她為什麼要這樣對我？」的原因，見過幾位與元希相關的人，漸漸地，我似乎找到了答案。

元希和三姊的狀況很像，但是她們的反應卻是截然不同。

如果我把對待三姊的同理心放在元希身上，那原本構思很多能讓她封口的計畫就統統擱置了。她不是壞人，我也不是壞人，真的不必再傷害彼此，我只希望她能夠替我隱瞞祕密一段時間。

不知不覺，我的雙腳已經走進某間辦公室，裡面都是學生，沒有任何老師在。

迎面而來的是一位個子嬌小的同學，好像比四姊還矮幾公分，但是雙眼透徹，給我辦事能力很強的感覺；尤其她綁起的蜈蚣辮，簡單俐落，一股「別小看我」的氣質向我傳來。

明明大家都是高二生，卻很想喊她學姊。

「同學，妳好。」我禮貌地點頭。

「叫我阿紐就可以了。」她盈盈笑著，有一對可愛的梨渦。

「我是來找……」

「我知道、我知道，不過她現在外出當中，大概兩節課後會回來。」

「那這邀請卡……」

「我知道、我知道，她有交代我要用感念的心收下，我看過她的行程了，六月七日當天有空喔。」

「感謝，如果妳願意參加我四姊的生日派對，也請妳賞光參加。」

「不行、不行，當天我要代替她在學校內。」

「也是……那這些資料？」我從口袋裡拿出USB隨身碟給她。

「資料都在裡面？」說到資料，讓她收起笑容，好看的梨渦不見了，「所有社員資料？社團教室？歷年來的活動計畫？統統有嗎？」

「有的有，有的已經找不到了。」我認真地說：「希望不妨礙我的申請。」

「她有交代過，所以我會按她的交代做。」

「那我先離開了。」

「嗯、嗯，請慢走。」

我們相敬如賓地揮手告別，離開了過度整齊卻沒有開冷氣的辦公室。

現在，只剩最後一張邀請卡了。

卻是最難熬、最折磨的。

今日的午休時間結束，下午三節課我幾乎都在腦海中模擬四姊的生日派對，一次又一次，就是希望不會出什麼差錯。每當想到什麼比較有問題的環節，立刻寫在紙條上扔給前方的雲逸，彼此透過文字互相交流。

最後，放學時間到了，該面對的還是得面對。

當所有同學都回家，我刻意留下沒走，等到七點半左右，外面已經沒有任何陽光，我才鼓起所有勇氣出發。

——**前往唷學姊自殺的教室**。

一樣的鬼氣森森、一樣的陰風陣陣，不過現在高三還在學校讀書，遠處傳來的無數白光讓我稍稍感到心安。

不過，我沒打算逗留太久，一切速戰速決。

我直接站在教室外的洗手臺，從口袋中拿出最後一張邀請卡，用準備好的打火機燒掉。

在黃紅的火光中，我趕緊對空氣說話。

「學姊妳好，如果妳在的話就靜靜聽我說，如果不在的話就當我自言自語。剛剛燒的是我家四姊的生日邀請卡，她是二姊的妹妹……啊，我二姊就是妳的好朋友李亞玲……反正、反正我也不知道自己在說什麼鬼，要是有收到邀請卡的話，就麻煩妳抽空參加吧，雖然我覺得人鬼殊途，但是二姊自從和妳大吵一架之後，就算表面上裝作沒事，我還是知道她其實心裡很難過……」

說到一半，我四處張望，首先是怕唷學姊真的現身，再來是怕有人經過，會以為聖德高中出現神經病。

「既然邀請卡都燒乾淨了。」我轉開水龍頭將餘燼都沖掉，「我就先告辭，學姊請留步，不必送我。」

告別的話說完，我立刻用運動會當時練出來的速度，手刀衝刺狂奔離開，連一秒鐘都不敢多留，就怕唷學姊會出來對我說再見。

等搭上公車，回到家裡，我才終於放心。

等到四姊夜自習結束回家，我抓準時間，偷偷摸摸地走到她房間內。

「弟弟，快點幫我捏捏肩膀，一整天讀書快要累死我了。」

我二話不說走到床邊，替坐在床上的她按摩，順便報告生日派對的進展。

「邀請卡都發完了。」

「這麼快。」

「是啊，三姊前男友、元希、唷學姊，我統統都送出了。」

「……元希這條笨蛋蟲的下一位是誰？」

四姊的肩膀突然抖了一大下，我平淡無波地說。

「唷學姊啊。」

「……」

「幹麼？」

「你竟然邀請鬼來參加我的生日派對！」四姊往前一趴倒在枕頭上立刻又彈起倒在床尾，一副不倒翁壞掉的模樣，「弟弟一定很恨我……你一定恨不得我去死對不對……喔，我真的要氣瘋了！真的！」

「妳不是說可以嗎？我們談過啊！」

「我是說元希可以!!」

「……我們不是說好要讓二姊和唷學姊和好？」

「不是在我的生日派對啊啊啊啊啊啊啊啊！」四姊又從床尾彈起，轉個兩圈，再度趴回枕頭，很像被邪靈入體，彈來彈去，「啊啊啊啊！誰來殺了我算了！誰來讓我解脫啊啊啊啊！」

「呵呵，反正有什麼靈異現象就推給魔術社嘛，好險我們有邀請魔術社啊。」

「我要告訴大姊！說弟弟邀請鬼來參加我的生日派對，還詛咒我早點去死！我現在就打電話！現在！」

四姊整個身子有如史萊姆般從床上滑下，伸手去翻書包拿出手機，目前情勢非常危急。

我一個箭步而出，將四姊整個人抱起來，但沒想到她已經撥號成功，準備跟大姊告狀。我毅然決然地跪在棉被上，希望四姊放我一馬，什麼鬼弟弟批鬥大會實在不應該再開了。

「喂，四妹嗎？」大姊的威嚴話語從被按下免持聽筒的手機傳來。

我雙手合十，垂下雙眉，全力賣萌。

「我今天比較忙，就不用等我了。」大姊頓了頓，問道：「金玲怎麼不說話？」

我勉強擠出一滴眼淚，還特地指給四姊看。但沒想到她只不過是將腳抬起，用我輕易可以看見白色內褲的角度，把自己腳趾放在我嘴邊，滿臉都是羞紅。

這是什麼意思？要用腳臭燻我嗎？不過沒味道啊。

四姊用腳趾頂我的臉，彷彿在催促我快點，圓潤的拇趾在我嘴邊晃動。

我真的一頭霧水，她是哪根神經又斷裂了嗎？

「金玲？四妹？妳還在嗎？喂？」大姊開始擔心。

好，目前火燒眉毛，我也懶得猜了，張開嘴，一口朝四姊的腳趾咬下去！

「啊啊啊啊啊啊啊！」

四姊抱住剛被我咬的腳打滾，尖叫：「大姊，剛剛弟弟咬我的腳！痛死我了！我是要他舔，又不是要他咬！他真的很笨！很笨很笨很笨！」

「……妳怎麼可以讓弟弟舔妳的腳？」大姊冷冷地說。

「不，這不是重點……重點是我的腳很痛……大姊，弟弟以下犯上啊！」四姊趕緊解釋。

「等我回家再處理妳。」大姊掛掉電話。

「等等！是弟弟的錯！不是我……」來不及了，四姊說到一半，聽筒就傳來嘟嘟嘟之聲。

我只能在心中為可憐的四姊默默祈禱，緩緩走到她的衣櫃前，拉開最下層的抽屜，拿出一件又一件的各色胸罩，並且細細地挑選，透過指腹感受柔軟的材質。

「變態蟲！你在幹麼？我都要被你害死了，你、你竟然在我面前猥褻我的貼身衣物，真可怕、真噁心！」四姊破口大罵，似乎把所有責任歸咎在我身上，「我馬上告訴大姊！這樣她就會忘記剛剛的事了，對，我要趕快打電話。」

手上握了五件胸罩，我一把搶過四姊的手機，憐憫地說：「統統穿上去吧，等等被捏奶的時候會比較……好些。」

一想到即將發生的悲慘畫面，四姊一時間也忘記要罵我，反而是頹廢地點點頭。

唉，好慘。

大姊看在四姊已經要十八歲了，雖然心智和八歲差不多，但實在不適合再用捏奶手體罰，所以只是罰她慎重跟我道歉就可以。她一對小小的胸部終於倖免於難，真是可喜可賀。

很快。

四姊生日到了。

我的苦難也會在今天結束。

太陽才剛剛消失，溫度還很炎熱，我提早將全家的冷氣打開，開放家中除了三姊之外的全部房間。姊姊們有什麼隱私物品早早藏好，所有人進入備戰狀態，緊張的氣氛在空氣粒子中到處傳遞，就連壽星四姊都在擔心萬一沒人來怎麼辦？

我打開客廳的音響，播放輕快的音樂試圖沖淡一點凝重的氣氛，最後再巡視整個家一圈，確認氣球、花飾、彩帶、布景統統ＯＫ，然後再檢查一次目前放在廚房冰箱的食物飲品，保證數量充足。

看了跟在我身後的紫霞和雲逸一眼，要他們先吃先喝，善待自己的幫手，才有下一次的援助。

不過我該慶幸的是，五個姊姊當中，只有四姊愛過生日，所以我一年累一次就夠。

「狂龍，在客廳的三個女生都是你姊姊嗎？」紫霞刻意不打扮，只是一般的休閒服飾，喝著果汁問我問題。

「櫻桃色頭髮是四姊，妳見過；墨綠色頭髮是二姊，剛回臺灣；黑色頭髮是五姊。」我簡單回答，「大姊要晚點回家，三姊不太喜歡見陌生人。」

「真是各式各樣的美人，難怪我家雲逸常常跑來找你。」紫霞雙手抱胸，斜睨旁邊的男人。

「對！真的，我曾經想追求狂龍五姊，那端莊嫻淑的氣質完全是我的菜啊。」即將死去的雲逸，絕對沒想到自己的遺言是這句話吧。

此時，門鈴響起，我朝紫霞說：「妳慢慢處理，只是血跡或肉塊記得要弄乾淨，我就先去開門了。」

不理會後方雲逸的求救呼喚，我逕自穿越餐廳到客廳去開門。四姊的同學來了一大群，整個家立刻人聲鼎沸更加熱鬧，開始進入派對的節奏。

四姊難得莊重，畢竟已經十八歲，算是成年人了，所以她沒有之前的輕浮，對每個客人都道謝，收下生日禮物的同時，也帶同學去用餐，氣氛非常融洽，沒想到四姊會有這麼多朋友。

尤其是第二波抵達的魔術社，包括好久不見的小潔，便在客廳中央搭起臨時舞臺，表演起近距離魔術，一時之間，白兔、白鴿在我家亂竄，叫好聲也不絕於耳。

被狠狠教訓完的雲逸身心受創地開始送上餐點，我則是持續接待客人到一個段落，就拿了幾塊小蛋糕和日月潭紅茶進去三姊的房間。

感嘆著只隔了一道門，內外卻像是兩個不同的世界。

有如一座海上的孤島，只不過是浮在由人與人建構出的繁華城市中，試圖切斷對外的所有聯繫，讓自己的房間四周只剩下無人的海。

我真的沒辦法接受自己姊姊過這種生活，也許是我多管閒事，但就請原諒弟弟偶爾的任性吧，三姊。

站在她的房間，我輕輕關上門，環視周圍，發現三姊雖然住得久，但是二姊的物品卻占了大多數；連自己的孤島上，她也沒有遺留下太多痕跡。乾淨、簡約、低調，這就是三姊最大的特色吧，連帶房間都是這樣。

三姊靜靜地坐在椅子上看書，見到我來，把眼鏡脫掉，笑著問：「外頭好熱鬧，四妹一定很開心。」

「樂翻了，那麼多生日禮物和祝福，今天的她和公主沒啥兩樣。」

「晚點，我也要去祝她生日快樂。」

「現在啊。」

「外頭人太多了，我不自在。」

「那我陪妳吧，我有事順便告訴妳。」我坐在床邊。

「喔？什麼事？」三姊挖下蛋糕的湯匙一滯。

我調整語氣，強壓下浮躁的情緒，用最平和的表情說：「三姊，妳吃蛋糕，聽我說個故事吧。」

「以往都是我說故事給你聽，沒想到今天顛倒。」三姊淺淺笑了，好美。

「好久好久以前，聖德高中有一位公認的氣質美女，讓男同學失魂落魄、讓女同學嫉妒憤恨，但她不跟凡人計較，在課業上表現完美，是老師眼中最棒的學生……」

我說到一半，三姊打斷道：「這氣質美女不會是我吧，調戲姊姊可是重罪呀。」

「這樣的氣質美女，當然會吸引有如蝗蟲般的追求者，但是她很親切也很有耐心，每次收到情書，都會慎重地帶回家；遇到當面的告白，會用溫和的口吻拒絕。這樣公式化的劇情一再上演，直到隔壁班的男同學出現，開始慢慢轉變。」

三姊的小蛋糕只吃兩口就吃不下了，幽幽地說：「弟弟，別講了。」

「她一如往常拒絕他很多次的告白，潔身自愛到沒有給他任何機會。在她心中，這位追求者和過去沒有不同，頂多是比較死纏爛打，相信只要再多拒絕幾次，必定能讓他知難而退……可是情況卻不照她的預料發展，在一次又一次的巧合碰面、一次又一次的偶然交談中，她對他漸漸改觀。」

「弟弟，你到底知道多少事呢？」

「不知不覺中，他漸漸變成她心中欣賞的類型，她看待他的眼神變得不一樣了，終於答應彼此交往。就有如任何一對平凡的年輕戀人，很快就進入熱戀期，兩個人相處得很好，但是，此時發生了一件事。」

「弟弟居然知道這麼多，你特地去調查了吧……」

「對，當時妳找到戀鬥社了。知道過去他追求妳的方式，只不過是戀鬥社集思廣益的計畫，也知道他會慢慢變成妳喜歡的類型，也只不過是戀鬥社塑造出來的虛假形象，他根本不是真正的他。所以妳一氣之下，就和他分手，然後為了躲避他，才到現在都不敢輕易踏出家門。」

故事講完，我定睛在三姊不斷閃躲的眼眸上。

「不，弟弟你錯了……不能出家門，是因為我遇到唷學姊。」

三姊講的，正好是我想不透之處。

「這是唷學姊成為戀鬥社守護神的主要原因，就是阻止已經有男女朋友的人誤闖。」她什麼都不管了，豁出去一般地說：「唷學姊會用巧妙的方式阻擋，保持戀鬥社的神祕性，但是、但是……不知道出了什麼差錯，我當時走進戀鬥社，看完他們寫在白板上的分組名單與掛在天花板上的木牌，啃學姊才出現。」

「然、然後呢？」我抖了一下。

「當時她向我表明身分，說自己是二姊的好友，所以絕對不會傷害李亞玲的妹妹。」三姊講述一段很恐怖的經歷，卻沒有任何表情變化，「但我不能加入戀鬥社，於是啃學姊給我兩個選項。」

「是什麼？」這些細節恐怕連二姊都不知道，我急忙問。

「一、用激烈的方式刪除我的記憶；二、高中畢業後必須隔離，等到和我同校的高一、高二、高三生統統畢業才能重獲自由，也就是說我三年之內不能踏出家門。」三姊依然面無表情地說：「面對超自然現象，我只能乖乖聽話吧。」

「所以妳違反承諾，在運動會時跑到學校去公開戀鬥社的祕密，啃學姊就氣瘋了？」

「是呀，當天我的房間，所有物品都在飄浮和碰撞，出現了所謂的『騷靈現象』。」三姊沒有半點害怕，彷彿在講述一件很平常的事，「好險我提早要二姊回家救命，才讓我平安無事……不過，害這對超越次元限制的好友大吵一架，我感到很抱歉……唉。」

「那三姊的前男友……」我試探地問。

「弟弟猜得沒錯，我完全不能接受，自己是愛上一個由戀鬥社『製造』的男生，於是我的記憶絕對不能被刪除，因為我要跟他分手……縱使章傑他非常無辜。」三姊的眼眶忽然有些溼潤，「所以，後面弟弟就猜錯了，章傑對我非常好，是我根本沒有臉見他……」

「三姊，妳真的……」

「我早就說過啦……我是個壞人嘛。」三姊苦笑著抹去自己的眼淚。

「為什麼不告訴我？這又不算什麼壞事。」我不解地詢問，拿起書桌的衛生紙送上。

「我才不要讓你知道，我有這麼差勁的一面。」三姊把衛生紙揉成一團扔我，嗔道：「都怪弟弟挖出這些陳年往事！」

「妳早說就沒事啦。」

「在你心中那張姊姊評分表，我一定被扣很多分……」

「抱歉，沒有這種表格。」

「算了吧，別安慰我。」三姊意興闌珊地爬上床，將棉被裹住身子，「外面很熱鬧，弟弟快去玩吧。」

此時，四姊的時間抓得很漂亮，從客廳傳來清新的吉他聲和渾厚的嗓音，擊敗一片吵鬧的雜音。

讓所有人都靜下來聆聽這首哈林的老歌——《情非得已》。

「難以忘記初次見妳　一雙迷人的眼睛
在我腦海裡　妳的身影　揮散不去
握妳的雙手感覺妳的溫柔　真的有點透不過氣
妳的天真　我想珍惜　看到妳受委屈　我會傷心」

就算透過薄被，我依然能看見三姊的身軀在顫抖，這歌聲我相信她是再熟悉不過。

原本我想讓哭哭學長跟三姊見面的原因是，我希望三姊知道，他雖然愛哭了點，但絕對不是什麼跟蹤變態狂，就不必擔心一旦出門會被騷擾。但沒想到我完全猜錯，反而是三姊虧欠他。

「別太激動，這些年蕭章傑學長過得還不錯，透過心理醫生治療，已經嘗試和其他女生交往過了，憑他的臉和歌喉，在情場上很吃香欸。」抱歉了，哭哭學長，我該捅的還是要捅，想重新得到李家姊姊的芳心，記得巴結我這位弟弟吶。

沒想到三姊不為所動，沒說任何話。

「三姊，這首歌要結束了，再不出去他會很糗啊。」

她還是毫無反應。

我戳戳她的屁股肉，正經地說：「不管誰虧欠了誰、不管誰又傷害了誰，就當作一位老同學來拜訪，如此簡單而已。」

一番發自內心的話說完，三姊終於掀開棉被下床，給我一個感激的眼神，緩緩地打開房門。

外頭的歌聲戛然而止，一首青春活潑的《情非得已》立刻變成孝女哭墳。

「我說過不准哭啊！這愛哭鬼犯規！」

我看一眼牆上的鐘，他們已經在房間內談了十五分鐘，讓我漸漸有點焦急。

我守在三姊的房門前不斷走來走去，怪異的模樣被五姊發現，她拿著杏仁餅乾過來餵我，要我稍安勿躁，不要胡思亂想。

「三姊已經是大人了喔。」五姊用親切的笑容安撫我，「龍龍就不用擔心了。」

我滿嘴食物，口齒不清地說：「怎麼能不擔心，孤男寡女共處一室，三姊當然很危險啊。」

「我看三姊的男朋友很溫柔，不像是壞人。」五姊天真地說。

「首先，是前男友，再來，人面獸心不得不防。」我雙手按在她的雙肩，慎重地說：「五姊也要小心，外面的男生九成都有企圖，絕對不能隨隨便便帶男生進房間啊。」

「怎麼可能！」

「嗯，妳還是比三姊清醒。」

五姊左右看了附近的客人，像是在確認沒人注意，立刻抱住我，輕輕地說：「抱抱之後，龍龍有比較不擔心嗎？」

「好像……好像有比較好……」我只能尷尬笑笑。

「我還是得穿裸體圍裙，效果才夠吧。」

「……五姊，萬萬不可。」

「那我跟龍龍說一件事，讓你轉移注意。」

「什麼？」

「你有沒有覺得，我們家的冷氣特別強。」

「……」

「嗯，二姊的好朋友來了，在陽臺喔。」

這招果然比裸體圍裙更有效，瞬間雞皮疙瘩爬滿整個背，彷彿被人活生生拖進零下三十度的冷凍櫃。

「五姊，麻煩妳替我站崗，要是從三姊門內傳來尖叫聲，譬如說『不要』、『救命』、『不可以，外面很多人』、『妳喊破喉嚨都沒用』之類，立刻通知我去拿球棒，OK嗎？」

五姊給我一個OK的手勢。

我苦笑著離開，在人群中穿梭。畢竟唷學姊是我邀請來的，二姊完全不知情，要是她們之間又有衝突，那豈不是比原本更糟？所以我應該要在場，萬一她們打起來，我、我就可以……我……靠北，我也只能逃命了啊。

在前陽臺沒有找到人，所以我往後陽臺邁進，進入大姊的主臥室。隔著一扇落地窗和一片窗簾，我能夠看見二姊的身影，還能聽見她的說話聲，不對，是還能聽見她們的說話聲。

「哼哼，敢跟我吵架，還不是要回來找我。」

「要不是你弟弟跪在地上求我，我永遠不見妳了唷。」

「真的嗎？永遠不見我？」

「亞玲……妳唷，真的是我見過最卑鄙的人。」

「是嗎？」

「明明妳就知道，整個世界，我只剩妳能說話唷。」

「……好嘛，對不起。」

「妳去日本讀書，害我每天想妳唷，沒想到才剛見面，就、就吵架唷……」

「我都道歉了，別跟我計較，好歹妳也是鬼啊，小氣！」

「我就是愛抱怨唷。」

「我不聽。」

「那說說妳弟弟唷。」

「喔對，他真的去找妳下跪？」

「沒有唷。」

「我就知道，所有姊姊中，他一定最不喜歡我。」

「唷？」

「應該是小時候，我太常欺負他的緣故，所以他就偷偷恨我。」

「不像唷。」

「妳又知道？」

「那天他給我邀請卡唷，明明就怕得要死唷，卻還是全身發抖地替妳說話唷。」

「也是，他很怕鬼。」

「是唷，我看他雙腳都快站不穩了唷，卻為了妳，面對恐懼，很不容易唷。」

「……真的嗎？」

「要是我有這種弟弟，我才不會欺負他唷。」

「我不准妳覬覦人家的弟迪。」

「只是說說而已，小氣唷。」

「我、我也不是小氣，唉……都怪我小時候嫉妒他被大姊疼愛，常常私下惡整他，等長大後才知道，原來他和大姊是同個爸爸媽媽的親生姊弟，所以其實是我分掉了大姊對他的照料。」

「是唷。」

「不過這幾年，我有盡力地補償他，連去日本都幫他帶禮物回來欸！」

「什麼禮物唷？」

「就是正版的ＡＶ光碟啊。」

「……這種禮物怪怪的唷。」

「男人最喜歡的就是Ｈ了，什麼禮物都比不上色色的東西。我告訴妳，總有一天我要找到他的性癖好，然後在他十八歲生日當天，讓他度過一個高潮迭起、永生難忘的成年儀式。」

「這犯法的唷。」

「我不是說要等到他十八歲嗎？哪有犯法？」

「姊姊送弟弟的禮物唷……不是應該更健康一點的唷？」

「外頭平凡的姊姊跟我怎麼比？我要彌補自己的弟迪，就一定要送上最棒的禮物啊！」

「妳送禮物之前，應該先誠摯地道歉唷。」

「不要……萬一他不原諒我怎麼辦？小時候的事漸漸淡忘一點是一點呀，要是我再提起，他反而想起來以前的我有多可惡，那豈不是反效果，讓他更討厭我了？」

「……不會唷。」

「人呀，就是要活得自由，才不能讓弟迪束縛在過去的爛事。」

「我覺得唷……他不是小氣的人唷。」

「妳怎麼知道。」

「我是鬼唷，有超能力唷。」

「好賤，每次講不贏我，就用這招！」

這對好朋友忘情地嘰嘰喳喳聊著，和餐廳、客廳傳來的熱鬧吵雜，產生截然不同的對比。

聽到這，我後退一步，雙耳自動屏障掉一些非法的言論，再用最慢的速度悄悄掩上主臥室的房門，頓時阻斷二姊坐在陽臺的背影，也阻斷她們的閒聊聲。

真正的友情，的確是超越次元的吧。

還有，唷學姊，多謝妳懂我。

「弟弟！她、她來了！」

五姊緊張兮兮地朝我跑來，綁好的長髮左右擺動。

四姊的生日派對真的來了很多人。

我關心地問：「妳不能擅離職守啊，萬一三姊被某個愛哭鬼欺負怎麼辦？」

「喔，他剛剛邊哭邊找你，找不到之後，大哭大叫著離開了。」五姊告訴我哭哭學長的最新動態。

「什麼？他就這樣走了？」在我感到奇怪的同時，口袋的手機震動，打開一看，發現一封很莫名其妙的訊息。

來自哭哭學長：

李狂龍

我不是你的替身

我恨你

下次見面　我們單挑　一決生死

是否刪除？

我按下「是」。

「那三姊還好嗎？」我把手機放回口袋，追問五姊。

「我不知道，她還是待在房間內，我進去看的時候，人已經睡著了。」五姊側過頭，一副「我也不清楚」的模樣。

「一定在裝睡，妳有試著戳她屁股嗎？」

「沒有耶。」

「要不然我去戳戳看，她的反應不太正常。」

「怎麼才算正常呢？」

「應該……應該……我、我也……唉，反正我去看看就知道了。」

我剛邁開步伐，就被五姊揪住衣襬，她好像忽然想到什麼重要的事，著急地說：「對了、對了，門口有人找龍龍啊。」

「誰呀？」

「白、白元希。」

「……」我差點忘了。

「龍龍快去吧，她站在我們家門口，好奇怪喔。」五姊推我的背前進，「不過要小心喔，不可以隨便就跟她走。」

我知道五姊擔心的原因，畢竟元希實在太難纏了。就連三姊也不斷告誡我，千萬不要接觸元希，她很多想法都異於常人，以玩弄一般人為樂。

我想乖乖聽話，可是她手上握有無論如何我都不希望有第三個人知道的祕密，要是不解決，在高三畢業之前，一定會發生超乎想像的事件。

這麼好玩的玩具，元希怎麼可能放棄？

手伸進口袋中，用手機送出一封預設好的簡訊，同時穿過人群，好不容易走到客廳，透過敞開的大門看見等得頗不耐煩的元希。

見到我出現，她第一句話說：「敢讓我等？」

「抱歉、抱歉，我以為妳會直接進來吃點東西。」我陪笑道。

「我不是來參加生日派對。」她退後幾步，到了無人的樓梯間，「我是來拿玩具的。」

我跟進，電梯旁的樓梯間大概只有兩坪大小，我和元希面對面站著。這裡格外寧靜，因為住戶都會搭電梯的緣故，基本上沒有人會走樓梯，所以適合談話，儘管還是能聽到我家的派對電音。

正在尋思要怎麼開口，元希卻先說話了。

「其實我從剛剛就在想，李金玲的派對剛好適合公布你不可告人的祕密。」她一如往常，非常有氣質地掩嘴輕笑，「徐心夢、李金玲、李香玲，她們其中會有兩個人知道自己曾經被你遺棄……就算她們表面一定裝作無所謂，可是心中的疙瘩卻永遠無法抹去吧。」

「我不知道……」我搖頭，無奈地說：「而且當時我被妳欺騙，在危機之際，也想不了太多。」

「你就是不確定她們的反應，所以才會乖乖聽我的話啊。」

「今天是我四姊的生日，就請妳不要惹麻煩了。」

「我知道，所以我強忍著公開祕密的欲望，你知道有多難受嗎？」

「我給妳的新玩具，可以彌補妳的難受。」

「呵呵……我就是來看你笑話的。」元希雙手抱胸，眼神充滿輕視，「戀鬥社在我手上幫助不知道多少可憐的同學，結果你和李香玲就在大庭廣眾之下，把我高中三年的心血毀去，坦白說，沒有任何東西能彌補我。」

「有。」我淡淡地說，整個樓梯間卻充滿回音。

「我不信。」

「妳如果不信，妳就不會來了，學姊。」

聽到我喊她「學姊」，元希怒極反笑，如瀑的長髮都在輕顫，高貴的髮夾搖曳折射著光采，「如果你給我的新玩具只是玩笑，我一定會在畢業之前，讓你非常非常後悔。」

「為什麼妳就是不願意相信別人呢？」我往前走出一步，在元希還搞不清楚狀況之前，牽起她的手。

可能是我的動作太令她錯愕，所以她忘記要掙扎，就任由我將她牽進家裡。在節拍強烈的音樂當中，穿過客廳和餐廳的人群，一步一步一步一步帶到我的房間，隨後我關上房門，放開握住她的手。

「……你、你們？這是怎麼回事？」元希後退靠在門上，用狐疑的雙眸環視我的房間。

以及，我房間內的一群人。

「舊的戀鬥社毀掉，我還妳一個新的戀鬥社。」

四姊的生日派對有很多人參加，其中包括過去戀鬥社的成員。

他們都是一般的高中生，只是對愛情太過執著，到了盲目的程度。

趁每一節的下課時間，我一個一個班級去找，聯絡上所有的舊成員們，然後問他們一個很慎重的問題。

「我要重組一個新的戀鬥社，你們願不願意加入？」我在元希面前聳聳肩，「就這個問題，然後我們各交換一個條件，所有人便都聚集在這裡。」

元希還是沒辦法站穩腳步，她低聲地問：「什麼條件。」

「他們要求我『找回元希學姊』，我要求他們，『讓我擔任臨時社長』。」我毫無保留地說。

「沒那麼容易，你們太傻了，戀鬥社的社團教室都被查封，我們根本就無處可去！過去……象徵無數成果的退社申請和黑板上創社社長留下的筆跡都沒了，再也不可能回來了！」

「被學校沒收的退社申請，我透過『特殊關係』在銷毀前取回了，至於創社社長的筆跡嘛……拜託，她現在剛好在我家陽臺，要寫上一篇《麥帥為子祈禱文》都不是問題啊！」

元希少見地透露出一絲慌亂，永遠梳得直順平滑的長髮竟然出現凌亂，甚至有幾根掛在她的鼻和脣邊。良久她才繼續拋出問題，像是愛刁難人的數學老師，不斷扔出最難的微積分題目，目的只是要考倒學生。

「那場地呢？原本戀鬥社的社團教室都變成觀光景點，還不是你害的！」元希指著我。

「在體育館旁邊，有一間長時間沒人使用、連鑰匙都遺失的大型倉庫，我們可以找個鎖匠換鎖，外面還是裝成荒廢的模樣。」

「戀鬥社原本是祕密社團，現在已經曝光了，所有人都知道，連學生會都介入調查，要怎麼運作？」

「關於這點，學生會的調查已經出來，『該祕密社團已經解散，沒有任何破壞校園秩序之虞』，嗯……當全校師生都認為我們解散，這才是我們重組的最好時機。」

元希的問題一一被我拆解，她眉頭深鎖，似乎感到非常矛盾。戀鬥社重組有望，對她來說當然是好事，不過最大的問題，是她不願意被我說服。唉……莫名其妙的傲嬌真的很麻煩。

「所以你們都站在他那邊？」聖德地下國王的自尊讓她無法輕易地認同我。

其他社員立即給她回應——

「學姊，還是戀鬥社要緊啊。」

「慈善社團的重要性，不能受私人恩怨影響。」

「元希，大局為重。」

「妳和狂龍的問題，我們可以慢慢解決啊。」

元希環視眾人，冷笑道：「你們真的以為李狂龍是什麼好人嗎？要不是他有把柄在我手上，最好他會熱心地重組戀鬥社。」

「的確，我想用戀鬥社，換元希學姊忘掉一個祕密。」我坦白地說。

其他社員面面相覷，最後七嘴八舌地說。

「只要戀鬥社能重新運作，其他我沒意見。」

「重點是戀鬥社，過程不重要。」

「望學姊再考慮，戀鬥社沒妳不行。」

「沒錯、沒錯，沒元希，就算有戀鬥社也沒用。」

面對大家的期望，元希的臉色好看很多，不過說出的話還是冷冷的：「抱歉，要是我答應，那就代表我屈服了，而我白元希，至今尚未屈服過任何人。」

「別這樣想……」

「我答應的話，就好像是我輸給你。」

「妳贏了，只是在領取過關的獎勵。」

我看她明明就很高興，戀鬥社就像她的命，現在所有人懇請她回歸，難道還是沒用嗎？這彆扭的性格到底是怎麼回事？請坦白面對自己想要回去戀鬥社的心情啊！

我一張臉像是吃到大便。

「也許你們認為我很固執，但事實上學生會已經在注意我們，要重組戀鬥社是不可能的事。」她聳聳肩，將臉龐的髮絲撥順，像是回到原先那高高在上的從容模樣。

「如果我能說服學生會呢？」我忽然插嘴。

「別妄想了，學生會長司徒正熙比我還頑固，她能夠拿到聖德高中史上最高票當選會長，就是因為她對校規有近乎精神病的執著啊。」元希輕蔑地看我，但是一想到司徒正熙又無奈搖頭。

「如果我能說服學生會呢？」我再問，只要一個承諾。

「不可能。」

「如果我能說服學生會呢？」我抬頭，面對她的視線，沒有任何閃躲。

「那我就無條件答應你任何事。」面對我的咄咄逼人，元希無法忍耐。

「好，成交！」我拉高音量。

房門突然被推開，狠狠地撞上我的背，害我差點摔個狗吃屎，剛剛累積的堅毅形象瞬間蕩然無存。

推開門的白目一顆頭探進來，似笑非笑地對所有傻眼的人問。

「剛剛誰罵我有精神病？」

我早就說過，四姊的生日派對，有很多很多人來。

司徒正熙，聖德高級中學第五十二代學生會會長，歷史第一高票當選，五處主任和校長一致認同，也是唯一一位沒有經過改選的會長。因為在第二次參選時，並沒有第二位候選人，所以當到高三還沒卸任。

公認的聖德國王，沒有地下。

她是個平凡到與眾不同的奇人。

正熙會長其實不太起眼，和元希學姊自帶富貴光圈不同。她顯得非常平凡，平凡到我高一入學和她第一次見面時，以為她和我一樣剛從國中畢業，矬矬笨笨的，外加掛在她鼻梁上的超厚鏡片，我真的認為她就是個書呆子。

不過在她嬉皮笑臉地登場後，我的房間一片死寂，像是在參加告別式。

「這位是學生會長。」為了打破尷尬，我竟然做出更尷尬的事，向聖德高中的學生介紹聖德高中的學生會會長。

當然，除了白眼外，我沒得到任何回應。

「各位戀鬥社的成員好，元希妹妹也好。」正熙會長欠身招呼，一身簡單的洋裝和長裙，無法遮掩代表聖德全體學生的強大氣場。

「……為什麼正熙姊……會在這？」元希是要有多驚駭，才有辦法問出這句廢話？

「是狂龍邀請我來的。」正熙會長說到一半，推了推眼鏡，故作氣惱地說：「妳剛剛是不是罵我有精神病？被我抓到了吧。」

「呃……不，我只是比喻……」

「雖然有點傷心，但我做事的確太……精神病了，下次，改進，嘻。」

「妳都要畢業了，是還能改進什麼啊，不要再開空頭支票。」
「是的、是的，元希妹妹的嘴還是一樣不饒人。」
「不過，我還是搞不懂，為什麼妳會在這。」
「當然是來參加生日派對。」
「不要用官方說法來搪塞我。」
「是的、是的，我來這裡呢，是順便要找『戀鬥社社長李狂龍』談些事情。」
這句話背後隱藏許多含意，頓時我的房間彷彿被人按下時間暫停器。每個人都呆滯幾秒鐘，在凝視元希和正熙這對只差幾個月，平時沒有往來，卻以姊妹相稱的姊妹。
「妳會支持地下社團？這不可能。」元希問，自己也給出心中的答案。
「校規明文規定不准，我當然不可能支持任何沒經過學生會認可的社團。」正熙會長此時偷看了我一眼，給我一個鄰家大姊般的笑容，「不過狂龍在早些日子向學生會提出申請了。」
「你公開了戀鬥社，那還有什麼意義！」元希狠狠瞪我。
「哎呀、哎呀，我在學生會工作這麼長的時間，居然發生檔案遺失的錯誤……我雖然已經批准成立，但戀鬥社存在的事，恐怕要隨我一同畢業，再也無人知曉了……唉，對不起。」正熙痛心疾首，為自己的失誤感到萬分抱歉。

這樣赤裸裸地公開走後門，無恥到連我都有些不好意思，更別說再度傻眼的戀鬥社成員，一場生日派對給他們的刺激，似乎實在太多了。

還是元希學姊比較沉穩，率先回過神來，諷刺地說：「我的確沒想到號稱『辦公機械』的司徒正熙會『技術性失誤』，我不是輸不起，但至少也要讓我知道，你們之間到底有什麼姦……是什麼關係？」

正熙會長眨眨睫毛，巧妙地掩飾道：「只不過是學姊和學弟的關係，元希妹妹就不要多心了。」

「好，很好，今天我栽在學生會長手中，我也沒什麼好丟臉的。」元希轉過頭來瞪我，因為委屈而激動的紅唇張合道：「說吧，看是要錢、要名牌、要一臺車，還是要我用生命發誓，永遠忘記你的祕密也行，統統都滿足你。」

「元希學姊，我只要妳。」我淡淡地說。

「……什、什麼？」

「我只要妳回來戀鬥社。」

「……」

「可以嗎？」

「……好、好吧。」

雖然我不知道為什麼元希會突然慌亂起來，但是她終於願意回來戀鬥社，在其他人的叫好鼓掌當中，我心中一塊大石終於能夠放下。

正熙會長一手按在肚子上，說自己好餓，便離開房間到外頭覓食。所以我的房間內，剩下的全是戀鬥社的成員，我這位新任社長新官上任三把火，難免要向社員說些制式的廢話。

「依照約定，從今天起戀鬥社重新成立，雖然我們藏匿的地點改變，但是幫助有情人終成眷屬的目標沒變，只不過以前制定的社規太過鬆散，所以我在此行使社規第四條賦予社長的權力，補充兩條社規如下……」

說到一半，我趕緊拿出放在口袋的小抄，趁其他社友的耐心還沒被我消磨殆盡之前，補充道：「第五條、本社任何行動都該遵守社會道德和校規之規範，如有違反按懲治條例甲處理；第六條、本社成員有自由退社之權，但也有維護戀鬥社祕密性的義務，如有違反按懲治條例丁處理。」

「丁？有這條嗎？」元希不耐煩地問。

「我現在要新增懲治條例丁為『唷學姊喪失記憶之刑』，就這樣，各位有意見嗎？」

一提到唷學姊，果然沒人敢有意見。

只有元希實在無法習慣社長換人，屁股靠在我的書桌緣，一雙好看的腿夾緊，俏臉生寒，說有多不悅就有多不悅，要是我去碰觸她，恐怕立刻凍傷，活生生掉一層皮。

「如果大家沒問題，那我要說一件事。」

「還有？」

果然是不滿的元希插話，但是我沒有回應她，逕自對所有戀鬥社成員宣布。

「從我離開這個房間的那秒鐘開始，我要解除社長的職務，並將社長一職交給白元希學姊擔任，直到她畢業為止。」

「……」元希愣愣地望向我，有如壞掉的櫥窗人偶，最後動起乾澀的關節，很勉強地說：「這一定有鬼……又是李香玲給你出的主意吧，挖一個大洞給我跳，我才不會傻傻跳進去。」

「在元希學姊畢業之後，會成為戀鬥社永久的特別顧問，隨時隨地可以回到聖德高中參與任何計畫。」我一說完，其他社員統統點頭贊成。

反而是元希仍無法置信，還在思索我是不是在布置什麼陰謀詭計。

「當我卸任，同時也退出戀鬥社，並且遵守第六條社規，永遠不會告訴任何人有關戀鬥社的事務。」這是我最後一個承諾。

但元希雙眼內還是帶著迷惘，似乎搞不清楚我到底在玩什麼把戲。不確定感讓她的身體都緊繃起來，對於事事都要掌控的人來說，一旦出乎她的意料之外，就會比正常人來得脆弱。

我走到她面前，一手按在她的肩膀上，將嘴湊近她耳邊，用只有我們能聽見的音量說話。

「其實，妳要的不是玩具，而是能一起玩玩具的朋友啊。」

元希彷彿被我觸動到某個不能碰的地方，只見她的雙肩起伏、拉住我的衣服，同樣低聲問：「要是你敢騙我……我絕對……我一定……」

沒讓她說完，我就直接說：「任妳處置。」

原本我完全不懂元希到底在想什麼，她的行為舉止在我看來充滿矛盾，一下子恨不得我死、一下子又想認我當乾弟、一下子使計欺騙我、一下子要和我玩遊戲，後來我就想到……她這方面跟四姊很像，但最大的差別，就是四姊會坦白追求自己要的，而元希不會。

她會用出各種花招，直到滿足自己想要的為止，就是不願意直接開口：「欸，我好無聊喔，要不然我們一起組織個社團，每天都為了某個目標而傷透腦筋吧。」

我想到二姊在黑板上寫下的那句話——

她說孤獨太苦，於是有了戀鬥社。

在我看來，元希就是最怕孤獨的人。

她就是喜歡擁有一群夥伴的感覺吧。

良久，元希才放棄掙扎，問了我最後的問題：「那祕密呢，你的祕密呢？難道你不讓戀鬥社成為讓我閉嘴的交換條件，就這樣平平白白送給我？」

「是啊，學姊，畢業快樂。」

我鬆開她的手，沒有說出第二句話，毅然決然地打開房門，在外面的音樂衝進房間之際，我人已經站在門外，同時把房門關上。

從此，我和姊姊們與戀鬥社再無任何瓜葛。

四姊的生日派對，也漸漸來到尾聲。

第五條　弟弟有義務擔任姊姊的禮物

雖然我和元希沒有交換任何條件。

但我知道，運動會之夜的祕密，她絕對不會告訴第二個人。原因並不是我重組了戀鬥社，而是她的注意力會放到戀鬥社的夥伴上，我這個不好玩的玩具自然再也無法引起她的興趣。

低調真好，可謂是人生至理。

我站在杯盤狼藉的餐桌前，一次餵飽這麼多人，讓我得到一種不可理喻的成就感。儘管生日派對能成功最大的功臣是紫霞和雲逸，不過我能找到他們幫忙，依然覺得非常得意。

現在還不到收拾的時間，我左看右看，已經少掉三分之一的人，但整個家還是很擁擠。我試圖走到三姊的房門前，中途卻被一個人攔下，我定睛一看，沒想到正熙會長還沒離開。

「我原本要走了，可是有幾句話一定要告訴你。」她推推眼鏡，將我拉到無人的牆角。

「會長請說。」對於恩人，我很有禮貌。

「我們之間還需要這麼生疏的稱謂嗎？就叫我正熙吧。」她和藹地笑了。

「正熙請說。」我馬上改口。

正熙會長收起笑容，正經地說：「我要謝謝你，幫我一個大忙，讓我能夠安心地畢業，把學生會交給下一任會長。」

「搞錯了吧，是我謝謝妳才對。」

「你聽我說，聖德高中內並不只有一個祕密社團，這些祕密社團並沒有管理的辦法，是在校規之外的團體，對學生會來說都是不可接受的存在，而你讓戀鬥社檯面化，甚至正式提出創社申請，願意遵守校規這點讓我非常高興。」

面對「遵守校規」的稱讚，我只能尷尬地傻笑。

「元希是個好女孩，卻也是個麻煩人物，你能替我把她的戀鬥社正常化，定出符合校規的社規，這就已經是幫了學生會大忙，所以我很感謝你，讓我可以全力去對付其他不守校規的祕密社團……」正熙會長不大不小的雙眼中閃過一絲狂氣。

「過獎了……呵呵。」

「還有，元希無論如何都會答應你的要求，你找我來也只不過是要給她一個臺階下，製造出她是向學生會會長低頭，而不是向你認輸的假象，真是看不出來……你是個很細膩的人。」

「和五個姊姊一起長大，自然而然就會變成這樣了……唉。」對男生來說，細膩一詞應該不算是稱讚吧。

「這性格很適合在學生會工作，要不要試試吧。」

「別鬧了。」

「我說真的，你要是願意參選下一屆學生會長，我可以在畢業之前替你拉票站臺。」

「我才剛剛體會到低調生活的好處而已。」

「那至少也在學生會內找一份工作吧，每個學期固定小功一支，如果有特殊表現，加的操行分數更多，而且能和老師們打好關係，在成績上也會有幫助，真的很棒啊。」

「會長……放過我吧……」

「嘻嘻，好吧，那我去找金玲說說話，等等就直接離開了。」正熙會長撥撥自己的髮絲，眼睛笑成兩條弧線，「最後多謝你邀請我參加生日派對，東西好好吃，音樂也很棒，希望還有下次。」

「嗯，一定。」

「嘻。」

正熙會長意味深遠地笑了一聲，慢慢走出我的視線。

生日派對裡的人只剩下一半，該是收拾打掃家裡的時候了。

紫霞和雲逸恰好走過來跟我道別，說他們倆晚點要去看一場電影，抓準難得假日的尾巴約會一下。

我從口袋拿出兩張電影票。紫霞是輕小說的死忠粉絲，最近某部大作的電影劇場版在今天上映，我怎麼可能不知道呢？電影票我早就預購了啊。

雲逸感激地看我一眼。

我給他一個「快滾，別在我面前放閃」的眼神。

善後的工作遠遠比舉辦派對還麻煩。

我完全沒想到人類竟然可以製造出這麼多的垃圾。

大姊因為工作的關係，錯過四姊的生日，當然補了一個大大的生日禮物，四姊才滿意地綻放出一個大大的笑容。

我和五姊組成清潔小隊，將所有垃圾分類打包，黏在牆上的彩帶、彩球也一一摘下，借來的投射燈和外接音箱還要還給別人，所以我更是小心謹慎地放進紙箱中，深怕弄壞要賠。

大姊洗完澡後沒有休息，抓出準備偷懶的二姊，一同投入恢復環境的艱苦任務中。全家的地板和門窗，我們統統清潔過一遍，比年終大掃除更認真，用掉了整整兩個多小時。

所有的體力都透支了，今天也在四姊的歡樂笑聲中慢慢結束。

我洗好澡，還沒刷牙，看一眼手機，已經到該乖乖上床睡覺的時間。推開自己的房門，整個房間煥然一新，元希和戀門社沒有遺留下什麼怨念和髒汙，經過五姊的清潔，可以說比原本還乾淨百倍。

五姊坐在床邊，打一個大哈欠，原本寬鬆的熊貓睡衣，因為她伸懶腰的動作完全繃緊，尤其是胸前的扣子快要彈開。

「龍龍睡吧，好累喔。」

「還沒啊。」

我坐在書桌前，似笑非笑地掃視她全身。

「怎麼了嗎？哪裡沒打掃乾淨嗎？」

「五姊！」

「有，我在這。」

「祝妳生日快樂啊！」

我誇張地鼓掌，彎下腰直接拉開書桌最底層的抽屜，裡頭滿滿都是其他姊姊送

給五姊的生日禮物。

「龍龍……還記得……」五姊掩嘴，有點不敢相信。

「當然，每一年，都是我陪妳過生日的啊，怎麼可能會忘記。」我開始從抽屜拿出禮物。

「可是、可是，今天有四姊的派對、三姊的前男友、二姊的鬼朋友……我以為龍龍忘記了啊……」

「別以為妳故意不提醒，我就會忘記。」我抱起一堆禮物，走到床邊坐下，「欸，生日最重要的禮物拆封儀式，現在開始。」

五姊和四姊是雙胞胎，不過性格天差地遠。大姊每一年都說，四姊的生日有多高的規格，那五姊就要比照辦理，這句話講了這麼多年，在五姊的執意之下，從來沒有實施過。久而久之，這就被列入五姊的怪癖之一，也沒有人會強求她過一個很隆重的生日。

但是該準備的禮物，所有姊姊卻從未忘記，無論如何都要犒賞每天打理家庭的五姊。

「啊，是熊貓保育紀錄片。」五姊很興奮地打開ＤＶＤ的盒子，閱讀二姊夾在裡頭的生日賀卡，「明天要去謝謝二姊，我很喜歡。」

買她的禮物最簡單了，只要跟熊貓扯上關係，她統統都嘛很喜歡。

四姊送給她一頂熊貓鴨舌帽，上頭還有一對立體的耳朵。

三姊送給她一本以熊貓為主角的圖文故事讀本。

大姊送給她一張放在熊貓信封的支票，黏在上面的便條紙規定，一個禮拜內要把此金額花光，並且只准買自己的東西。

比起幾位姊姊，我就比較正常，送給她一套熊貓造型的餐具，從刀叉到碗筷一應俱全。

看來五姊除了那張支票的金額讓她有些苦惱之外，其他的禮物都非常喜歡，喜歡到抱在胸前，倒到棉被上滾動的那種喜歡。

趁她在打滾，我抓準時機去冰箱取出一塊迷你蛋糕，上面有一根迷你蠟燭，我把房間的燈關掉，視線之中便只剩下暈黃的火光和五姊幸福洋溢的臉龐。

「生日蛋糕，不能代表生日的價值，卻能證明自己仍被放在心上。」這句話是在家露營當天，三姊偷偷告訴我的。她說五姊不愛生日蛋糕沒錯，但是絕對愛蛋糕所隱含的那份心意。

果然五姊整個眼睛都亮了，水汪汪的瞳膜反射異樣的光采。

「在吹蠟燭之前，先許個願望。」我捧著蛋糕，感染壽星的喜悅。

「嗯……」五姊側過頭，苦惱自己的生日願望，甚至還嘮叨給我聽，「要是我許太貪心的願望一定不會實現，要是太微小的願望又太可惜，唉唷……那不然，時間暫停一年好了。」

「這又是什麼古怪的願望？」

「要是我畢業，就沒有人能在學校照顧龍龍了啊。」

「五姊，妳已經十八歲，我也十七歲了，可以自己照顧自己。」

「不行、不行，要是我不在的話，龍龍連午餐都吃不好，一定是吃泡麵或是麵包，長久以來一定會生病的！」

「我保證改吃營養均衡的便當。」

「萬一你被欺負，我在學校才能保護你。」

「戀鬥社的問題已經解決，沒有人會欺負我了。」我搖搖五姊的身體，希望她能清醒一點，「而且現在畢業考和指考在即，不要胡思亂想些不重要的事啊！」

「龍龍最重要，比什麼都重要。」

「五姊，別忘記大姊的命令，考生的唯一目標就是考試。」

「……唔。」

好險，我搬出大姊這個絕招，成功讓躁動的五姊冷靜。

我能理解考生在面臨足以影響一輩子的考試時，難免會有各種負面情緒產生，比如說自暴自棄、怨天尤人、陰鬱低沉、抱怨哀傷，甚至是最可怕的臨陣脫逃，連戰場都沒進，一分都拿不到。

知名籃球教練說過，只要放棄，比賽就結束了。

大姊指派我維護四姊和五姊的專注力，果然很有先見之明。

「五姊，別擔心了。不管是在考場或學校，我都會待在妳身邊，只要妳大喊一聲，我立刻就會出現，所以無憂無慮地讀書，是四姊和妳唯一該做的事。」我柔聲道。

「好……我懂了。」我的安撫很有效，五姊終於打起精神，朝我點點頭。

「雖然規定是不能在床上吃東西，但是今天生日，應該沒關係。」我用塑膠叉子切下一塊，慢慢地送到五姊嘴邊。

她一口含住，順勢把塑膠叉子拿過來，也切了一塊蛋糕要餵我。

我苦笑著把嘴張開，雖然我們都大了，實在不適合這種舉動，不過有誰家的姊弟感情比我們更好呢？一想到此，我又覺得很幸運。

「龍龍真是的，吃到整個嘴巴都是奶油。」五姊拍了我的手臂一下。

我趕緊要用手抹去，卻發現手早被她握住。

只見五姊滿臉紅暈地說：「不要用手擦，髒死了。」

滿嘴蛋糕的我還來不及問出，有衛生紙嗎？

五姊的臉突然湊近，我們兩人的唇柔和地碰在一塊，在親密的動作當中，奶油融化在濃重的唇息當中。我和五姊之間，再也沒有任何隔閡，好軟、好燙，在那剎那，我幾乎喪失記憶，滿腦子只剩蛋糕的奶油味道和那水潤的觸感。

最後依依不捨地分開。

「這、這樣手就不會髒了……」五姊的血液幾乎逆流到臉部。

「……還可以省衛生紙。」我到底在說什麼啊。

「龍龍……難道很有經驗嗎？」

「什麼、什麼經驗？」

「就是剛剛……接吻的經驗。」

「就兩次吧。」

「和誰？是和誰？」

「就四姊……其實也不算，都撞到流血，那只是用嘴脣互毆而已。」

「…………是四姊。」

「喂，這麼沉痛的表情是怎麼回事啊。」

「我累了，我要睡了。」

五姊竟然一個翻身，俐落地抓住棉被滾上一圈，剛好把自己身體包住，趴在自己的床位準備睡覺。

我手中還有半塊蛋糕，茫然地看著她。

「五姊，別睡啊。」

「……」

「妳還沒刷牙。」

「龍龍是大笨蛋！」

今天五姊的睡姿特別糟糕。

之前睡到半夜，用大腿夾住我的頭，就已經是驚世傑作了，萬萬沒想到天剛亮，我腰痠背痛，整條手臂麻掉，到底是發生什麼事？五姊又創造出什麼毀天滅地的睡姿嗎？

我蹙起雙眉，勉強地睜開雙眼。

剛剛醒過來，右手掌立刻傳來極度柔軟的觸覺，唉……可能是不小心摸到五姊的胸部了。我想縮起手掙脫，但是手被抱得很緊，而且不太對勁，這觸感又軟又有彈性沒錯，不過似乎變小一點。

想坐起身來，但發現有重物壓在腰邊，難怪我渾身酸痛，越睡越累。

我捏了捏那團跟水球沒兩樣的物體，沙啞地說：「五姊，起床了。」

五姊嘟囔幾聲，擺明就是想多睡一會。

可是考生沒有賴床的權力，我睜大雙眼，看著天花板，殘忍地將棉被掀開，眼角餘光卻看見我和五姊之間……出現一頭金黃色的髮絲。

「三、三姊？」我抖了一下，想把握住胸部的手抽開，但又怕睡死的三姊驚醒。

我們姊弟三人的狀態和連體嬰沒兩樣。三姊半夜跑來睡在中間，被五姊誤判成我，像八爪章魚般纏住三姊，導致三姊整張臉皺成一團，像是作了惡夢，緊緊抱著我的手臂，如同溺水者抓住最後一根稻草般不肯放手。

我歉然地慢慢推開三姊跨在我腰間的腿，再壓住她的肩，把整條手臂抽出來。

「……弟弟，早安。」還是吵醒三姊了，她緊鎖眉頭，「五妹的睡相好差……幫幫我吧。」

其實我很想說，妳的睡相也沒多好，可是看她可憐兮兮的模樣，我化身為拆彈專家，熟練地把五姊從三姊身上挪開。

「怎麼跑到這睡？」我稍稍喘氣，一大早就有體力過度消耗的問題。

「昨天晚上想找弟弟說話，可是看你已經睡著，我又突然覺得有些累……」

「妳不介意五姊的殺人睡姿的話，歡迎天天過來睡。」

「我、我偶爾來串門子就夠了……」

「好吧。」

我的表情平淡，但實際上感到非常興奮，三姊願意離開房間，到其他地方睡覺，這可是這一年多來第一次，象徵「三姊去宅化」的偉大工程，已經取得突破性的進展。

所以她偶爾來就夠了，我不敢逼得太緊。

「昨天半夜，三姊想跟我說什麼？」

「……想說謝謝。」三姊和我並肩坐在床尾，悄悄地說：「還有，希望弟弟能陪我去買點東西。」

「出、出門嗎？」喔喔喔喔喔喔……一切努力都值得了！

「可是今天太陽好大……還是改天？」三姊弱弱地問。

「不，就是今天，就是現在！」我趕緊爬上床，想找五姊一起去，但是隨即想到五姊應該在家看書，加上她睡得好熟，於是我用手指擦掉她嘴角的口水，回頭對三姊說：「走吧，就我們去吧。」

三姊揉揉眼睛，對我點點頭，彷彿做好一切心理準備。

外頭的陽光真如三姊所說，又大又熱。

不過三姊要去的地點是地下書店街，坐捷運就能夠抵達，全程不會曝晒於陽光下，而且還有涼涼的冷氣，人潮又不算太多，空間非常寬敞，左右兩排各式各樣的書店讓三姊不知不覺展露笑顏，慘白的臉色多了點紅潤。

近年來第一次（自願）出門，三姊還特別打扮一番，潔白的一件式碎花洋裝，裙尾剛好蓋住膝蓋，腳穿白色的涼鞋，就這樣，耳環、手環、腳環都無，沒有其餘的佩飾。

即便如此，她上了一點淡淡的粉紅色口紅，就已經是這一、兩年來最認真的打扮了。

相較於上次宜蘭之旅所有家人都在，這趟跟我出門，縱使逛地下書街的人不多，三姊依然有些不適應，一路緊緊揪住我的手，深怕一不小心就會迷路。

「現在我們該往哪走呢？」地下書店街很大，沒個目標我也不知從何逛起。

「我想買一些考大學的書籍，畢竟我很久沒上學了，和現在高中生讀的內容有些脫節……另外，我也想買些介紹大學的書。」

「三姊想考大學！」我抬起頭，覺得一切的努力都有價值。

「嗯……明年吧，但是我不知道要讀哪一間、哪一種科系。」不愧是三姊，言語中只有她想不想讀，完全沒有考不考得上的問題。

「那好，我們就去賣參考書的書店。」我大聲宣布，開始朝目標前進。

沒走多遠就抵達目標，三間書店連在一起，裡面都是販賣考試專用的書籍。不過生意比起其他店面慘澹許多，畢竟考試太沉重，哪有小說、漫畫、寫真書來得吸引人。

投入書堆之中，三姊悄悄放開我，進入非常專注的狀態，開始選購她需要的書籍。

這才是我想見到的三姊啊，雖然她沒說出口，可是從頭到尾都掛在臉上的淡淡笑容足以說明一切，她已經不是死氣沉沉的三姊了。和哭哭學長談完以後，完全變成另外一個人……喔不對，是恢復成原來的樣貌。

我被扔在一旁，看三姊在書櫃和書櫃之間穿梭。確認她沒有問題，我就漫步走到旁邊的書店去，這整間的青少年刊物才適合我啊。

不少年紀和我差不多的人聚集，一群看起來像是同班同學的高中生正議論紛紛，聊著最近哪位大師又出了什麼新作。我豎起耳朵偷聽，卻統統聽不懂，不免感嘆自己脫離二次元太久，應該趁現在補番，追幾套有口皆碑的漫畫和小說。

死背起他們剛剛提到的名字，開始進入書店中搜索。果然沒讓我失望，我拿起好多本第一集，打算先入門，覺得好看再來買續集。

沉浸在二次元的世界中，不知不覺時間過得好快，等我提著八、九本書走出書局，已經花掉整整四十分鐘。

「不知道三姊買好了沒。」我自言自語，走回賣參考書的書店。

第一眼就看見三姊眼眶泛紅，雙手抱膝地蹲在書店門口，她一看到我想要大喊，但不知道為什麼又縮回去。

我走到她身邊站定，關心地問：「都買好了？」

「……」三姊哀怨地瞪我一眼。

「怎麼了嗎？」

「……我剛剛找不到你。」

「我就在旁邊。」

「嚇死我了……」她激動地抿起了脣，像是在忍耐著什麼。

「還好嗎？」我關心地問。

「弟弟怎麼可以……怎麼可以隨隨便便就丟下我？明明知道……我很不會認路……要是我走失怎麼辦？」說著說著，三姊不小心落下一顆忍很久的眼淚，然後倔倔地擦掉，「我不見了，弟弟也無所謂！」

「我想說妳會打電話給我。」我苦著臉。

「我又沒有手機。」

「……三姊，是我的錯，我下次會注意。」

「弟弟要保證，以後出門絕對不離開我五公尺。」

「一定，我保證。」

我伸出手要牽起三姊，但她還是保持原樣，似乎還未平復情緒。

於是我在她的耳邊說：「三姊，別忘記妳是穿短洋裝啊，水藍色的內褲都……」

一秒，她雙手按在大腿的裙襬，滿臉羞紅地站正，嗔道：「笨、笨蛋，為什麼不早點講！」

「妳還在生氣啊。」

「我、不……我沒有……」

「呵呵，走吧，下一間。」

「弟弟……你該不會有一本專門記錄所有姊姊弱點的手冊吧？」

「怎麼可能嘛。」靠，我真的有啊。

「我漸漸覺得，弟弟好像都在玩弄姊姊。」三姊狐疑地說。

「沒有、沒有，不講這個了，我們順便去買支手機吧。」再不轉移話題，我的祕密武器就要曝光，所以我假裝正常，提起三姊放在地上的手提袋。

正當我認為一切都掩飾得非常完美時，我手指勾住兩個手提袋不小心出現失誤，讓我買的書和三姊買的書都掉在鋪滿瓷磚的地板上。

「這、這是什麼？」三姊撿起我剛剛買的書，看封面念道：「寫真集《Rebecca的私密生活紀實》……」

我趕緊彎腰撿書，解釋道：「這是網路紅人的紀錄書，類似紀錄片，絕對不是什麼色……」

「色情寫真！弟弟為了這個拋棄我？」二姊顫抖地放下寫真集，真的很像被主人惡意遺棄的寵物。

「這尺度最大也就是露肩膀而已，真的，不信我們拆封來看。」

「我剛剛繞了一大圈，害怕地到處找弟弟……沒想到……沒想到，你正在看別的女人。果然二姊說得對，所有男人都是色鬼，弟弟也一樣！」

「……別聽二姊在鬼扯啊。」我正處於跳到黃河都洗不清的窘境中，在溺斃的危機時刻，眼角餘光卻不小心看見壓在參考書之下的書，「等等，這是什麼？」

《全方位年下男攻略解析》，這外形像少女雜誌的書名很怪，這十個字我都認得，但是拼在一起卻讓我一頭霧水，攻略？是遊戲攻略嗎？年下男又是什麼東西？

三姊立刻用最快的速度從我手中搶回，慌張地直跺腳，三百六十度轉了一大圈，好像是不知道該藏在哪裡。最後拉開自己的領口，把名字很怪的攻略對摺後塞進去，這模樣說有多荒唐就有多荒唐。

「這不是……這是、這個是我剛剛撿到，絕對不是我的，真的、真的不是啊……我等等要送到警察局，所謂拾金不昧嘛，課本都有教……」三姊整個髮絲亂成一團，只不過是說一段話就喘成這樣。

不對勁，她就算要騙我，也不可能用如此拙劣的謊言。

「……年下男，是什麼意思？」我認真地問。

「我才不知道，不要、不要問我……」三姊也很認真。

「年下男，等等！該不會是指哭哭……不，是指蕭章傑學長吧？所以後面的攻略……喔……原來如此，我懂。」

「不是、真的不是……你不要亂講！才不是！」

不知道為什麼，心裡有點不太舒服，但我仍用自信的笑容跟三姊保證，「放心，我不會告訴任何人，況且你們之間的誤會解開，舊情重燃也是很正常的事，一點都不丟臉。」

三姊後退一步，薄弱的身子彷彿中了一槍，痛苦地捧著心窩。

這反應出乎我的意料之外，我趕緊摟住三姊的腰，考慮要不要直接送去醫院。

「李狂龍……」她幽幽地說：「我只跟你解釋一次。」

「不用解釋了，年下男是什麼根本不重要，我們先坐下休息，妳別太激動。」

「閉嘴，聽我說！」

「喔喔……」

在地下書店街人來人往的一個角落，腳邊是散落的書籍，三姊難得發怒，這莫名其妙的怒意再一次出乎我的意料之外。今天的三姊到底怎麼了？難道是那個來？

「我和章傑已經分手了，我曾經誤以為，他是因為我的無情得到心理上的疾病，所以我對他感到無比的抱歉和愧疚，他加入戀鬥社，努力改變自己來迎合我，是他特有的溫柔，並不是他的錯誤。」

「嗯……我知道。」我乖乖地點頭。

「我們從頭到尾都不適合，於是我們之間沒有未來，分手是必然的結果。」三姊依然激動地說：「我很感謝你邀請章傑參加生日派對，讓我知道這些日子他過得不錯，我心中的內疚才漸漸變淡……」

「這很好。」

「所以你不准再說我和章傑之間有什麼曖昧的關係！」

「……是的。」

我隨口的猜測，沒想到惹惱三姊，我想道歉，但又覺得沒那麼嚴重，最後不了了之。

我們收拾好滿地的書，離開地下書店街之前還去服務中心，把三姊撿到的書登記失誤招領，櫃檯的小姐滿臉錯愕，但是仍很有職業精神地收下，還對三姊說謝謝，希望這本書會有失主來認領。

搭上捷運，耳邊都是嘎嘎的金屬摩擦聲，一節一節的車廂隨著軌道扭動，簡直就是一條會發出怪聲的金屬毛毛蟲。

我一直在想這些怪事，是因為我和三姊之間沒再說話。

老實說，我很後悔，為什麼要在她難得願意出門的日子提起感情的事。

「弟弟……對不起。」

「嗯？」

坐在身邊的三姊突然跟我道歉，我一時之間還反應不過來。

「是我的口氣太差了，弟弟別惱我好嗎？」

「沒事，別想太多。」

「……弟弟果然已經是個男子漢了。」

「這樣就算男子漢？」我啞然失笑。

「是啊，我記得以前，你在房間偷看色情影片被我撞見，雖然我嚇一大跳，但也知道弟弟不是小男孩，這都是很正常的現象。不過……你卻因此整整一個禮拜不敢看我，和此時不在乎的模樣，完全不一樣呢。」三姊握住我的手。

「這兩件事……有什麼關聯？」我的黑歷史竟然在捷運上被挖出來。

「有的，就是弟弟已經不把我當成姊姊了。」三姊突然吃吃笑了起來，就算我完全不懂笑點在哪。

「呵、呵呵……」我敬業地陪笑。

她緊緊握住我的手，笑容之中隱藏了焦慮，我原本還不清楚這矛盾的動作為什麼會出現，直到三姊在我的耳邊說出一段話……

「我們，不是真正的姊弟。」

發揮柯南的推理精神，綜合這陣子得到的訊息。

二姊和三姊是親生姊妹。

大姊是我的親生姊姊。

三姊和我沒有血緣關係，那就代表我和二姊也沒有。

所以有五個姊姊的我只剩下三個姊姊，這會不會太荒唐了一點。

要是四姊還真的找到證據，證明我們不是姊弟，豈不是連五姊都跟我沒血緣關係？

靠北啊，按照這樣發展，我只有一個姊姊？

不可能，這太荒唐了，我那不長進的爸爸再怎樣也不可能撿了一窩幾乎沒血緣關係的小孩，頂多只有二姊和三姊是特例，一定是這樣沒錯。

「弟迪，倒水。」二姊喚醒我。

我抬起頭，看著四位姊姊。

目前的地點是二姊和三姊的房間，因為這裡空間最大，於是二姊的高三課程加強班就選在此開課，學生有要準備畢業考和指考的四姊、五姊，至於三姊是設定下

一屆的指考才參加，所以順便跟著複習而已。

我的工作就像古時陪公子上私塾讀書的伴讀，負責跑腿和打雜。

接收到講師的指令，我乖乖去收桌上的四個茶杯，然後再一次將其填滿，重新送回桌面。

二姊滿意地端起水喝一大口，滿嘴溼潤地說：「這一題，是這三章的關鍵，一定會出現在考卷上面，現在我先不說出答案，請各位妹妹自己嘗試作答在筆記本上，等等我再統一解題。」

架勢十足啊，二姊。

其他姊姊握住筆，開始在筆記本上疾書。

「弟迪，過來～」二姊媚眼如絲地朝我招手。

我完全不想過去，伴讀也是有伴讀的尊嚴。

見我沒有動作，二姊嗔道：「我只是想叫你按摩我的肩膀而已，大姊就有這種福利，為什麼我沒有？一定是弟迪討厭我！」

說到討厭，在二姊和唷學姊的對話中，她似乎還糾結於小時候欺負我的事。雖然身為被害者的我沒有放在心上，但沒想到加害人卻耿耿於懷，還露出很失落的表情。

無論如何，我都不希望二姊認為我是小鼻子小眼睛的人，於是我走到二姊的椅子後，雙手按在她的肩膀上，開始施加力道。
「還是弟迪，最好了……嗯，好舒服。」
「如果妳再用老梗到不行的呻吟聲，就沒有按摩服務了。」
我事先警告，二姊扮了一個鬼臉，看起來不打算善罷甘休。
「弟迪，你有一個最大的功能，就是激發出姊姊們的潛力喔。」
「……我沒這種功能。」
「身為大家的弟迪，難道你不希望三、四、五妹能夠學習得更快嗎？」
「我當然希望啊。」
二姊賊賊地橫我一眼，逕自對其他姊姊說：「誰能最先解出正確答案，即可享用弟迪人肉按摩椅服務，服務時間為五分鐘，保證通體舒暢。」
喂！別隨便把我賣掉啊！況且人肉按摩椅這什麼鬼東西是有誰要啊？
「二姊很卑鄙，明明知道我比較笨！」四妹抗議。
「我不會輸的。」五妹一臉堅毅。
「……」三妹緩緩閉上眼睛，進入全力運算的狀態。

妳們不要太認真啊啊啊啊啊！

我還在想要用什麼方式阻止為了沒意義的獎勵而過度努力的姊姊們……

三姊已經放下筆，輕聲道：「答案在這。」

二姊拿起筆記本，滿意地點點頭，「正確無誤，三妹，弟迪是妳的了。」

四姊和五姊一同露出羨慕的表情……等等，妳們到底在羨慕什麼啊？

沒想到三姊甩甩手，搖頭道：「放過弟弟吧，我放棄人肉按摩椅的權利。」

「……好無聊，三妹把遊戲弄得好無聊。」二姊抱怨。

看著自己妹妹傳來的怨懟眼光，三姊只好對我說：「弟弟，幫我捏捏肩膀吧。」

「這樣才對嘛，那現在我要出第二題了喔！」二姊高喊，似乎在提振士氣。

讓我錯愕的是，四姊和五姊的士氣好像真的被提振了，這莫名其妙的按摩肩膀，究竟有什麼吸引力？我恨不得替自己按按看。

氣氛居然在我的勞力付出中漸漸導向正軌，三姊的房間充滿濃郁的鬥志，先不說三姊和五姊，光是平時不愛讀書的四姊都願意刻苦學習，就足夠讓我感到欣慰了——即便她一題都沒有率先答對過。

由衷希望她們能如願考上自己心儀的大學，不要在人生重要的一關中，留下任何遺憾……

我才能好好規劃暑假要去哪玩啊！

萬一有一位姊姊考差，在大姊震怒之下，整個家庭腥風血雨，我要跑出去玩都不好意思開口。

時間已晚，二姊的高三課程加強班宣布下課。

所有姊姊都在收拾書本文具，二姊翻閱著剛剛批改過的筆記本，凝重地看過所有正確或錯誤的答案，突然說出一句讓我有點在意的話。

「為什麼明明是類似的題目，原本都答錯，卻在弟迪變成獎勵後，統統都答對了……難道弟迪有什麼魔法效果？」

我沒有什麼魔法，所以我聞到一絲弔詭。

如果有一個姊姊不對勁，那是正常的。

如果有兩個姊姊不對勁，那還算在合理範圍內，畢竟四姊常常占掉一個名額。

但是，三個姊姊不對勁，那就是不對勁了。

身為一位稱職的弟弟，我必須要將問題向上呈報，不過這種抓耙子的行為，通常都是五姊的工作，所以我有點猶豫要不要報告大姊。畢竟有可能是因為青春期到了，面對一個關鍵的人生進程，所以才出現三個姊姊都很怪的狀況。

假如這種不對勁其實是少女的正常反應，為此我要背上抓耙子的惡名就很不值得。

我坐在沙發上看電視，但其實沒在看，只不過是胡亂轉臺。

大姊恰好下班回家，還在脫高跟鞋，就開口要我到她的房間一趟。

「好，我收完桌子就去。」

「嗯。」

難得大姊召喚我，我不敢耽誤時間，把客廳桌子的零食收一收，將吃完的扔掉，便小跑步到主臥室的房門前，輕輕地敲門。

「進來啊，還敲什麼門。」

「那我開門了。」

我慎重地轉開門鎖，一走進去，就看見大姊正坐在床邊脫黑色的絲襪。

「順便幫忙吧，我脫下半身，你脫上半身，姊弟分工比較快。」大姊給我一個很困難的命令，「當女生就是這點麻煩，常常要穿好多東西……唉，要是我和你交換身體，一定每天只穿短褲去上課，反正男生被看也無所謂。」

……大姊，怎麼可能無所謂啊。

見我疑慮，大姊給我一個眼神，我立刻乖乖地去脫她的衣服，攻略的首要目標，是大姊的哥德式襯衫，我解開一顆又一顆扣子，露出胸前薄薄的襯衣，這期間大姊已經在脫自己的窄裙了。

「狂龍，最近四妹和五妹是不是有點怪？」她舉高手讓我脫掉襯衣的同時，拋出一個我也想知道的問題。

「的確有。」我說，但雙眼實在離不開目前最大的難關，大姊的黑色胸罩。

「該不會又是四妹的網路邪教在作怪吧？」她雙手抱胸，全身只剩一套內衣內褲。

「其實那只是一群中二病患者同時構想出的異世界罷了，沒邪教那麼嚴重。」我趕緊替四姊解釋。

「一邊說、一邊脫呀，怎麼停了？」

「內衣不用脫吧……」

「我的胸部沒發育，就是被這該死的胸罩壓抑太久，回到家當然要放輕鬆啊。」

我沒有質疑大姊的說法，因為她很介意自己胸部發育不良，我在黑色的背帶摸索許久仍沒結果，索性把兩邊的肩帶拉掉，讓一整片骨感的肩和背再無任何遮掩，但大姊很不滿意，乾脆自己動手解開，然後隨意扔在衣櫃上，表情還很嚴肅。

「總之，你要看好四妹，不要讓她影響五妹。」

我倒不覺得這次是四姊的問題……不過，大姊，您真的打算只穿一條勉強能遮住半個屁股的黑色內褲，跟自己青春期的弟弟談正經事嗎？

「我、我懂了。」

「要記得，學歷很不重要，卻又非常重要。」

「怎麼說？」

大姊深邃的眼眸漸漸失焦，像是在穿越時空，觀察著好幾年前發生的故事。之後，她緩緩對我講：「當初我只有高中畢業，和設計公司內隨便一個都是專科畢業的人比起來，簡直渺小到沒人在乎。就算我沒去上班，對他們而言，也只不過是少了個倒茶小妹，有一點點不方便而已。」

我懂大姊的意思了，但沒阻止她把故事說完。

「李皇玲不該是可有可無的人，於是我在公司內無時無刻都在偷聽偷學，在兼差的工作之餘，再買書充實自己，每次想起那段日子……總覺得好累好累，就是因為太累了，所以胸部才會發育遲緩吧，唉，悲劇。」

沒想到，她最遺憾的地方是胸部……

「所以，如果沒有學歷，靠努力也是能成功，不過人生就要白白繞一段遠路啊，那還不如乖乖考上大學省時又省力。」大姊老氣橫秋地說完結論，雙手放在大腿上，讓長髮如瀑墜下，恰好遮住胸前兩點。

「我會轉告四姊和五姊。」我滿臉欽佩。

「她們離大考還有多久？」

「畢業考還剩三天，指考還有一個月。」

「弟弟，從現在開始你就是我的牧羊犬。」

「蛤？」

「四妹和五妹是羊，你要顧好她們，這可是攸關四妹和五妹的人生啊。」

「我、我懂了。」

身為一條大姊欽點的牧羊犬，在下課之時，我正在翻閱旅遊書，打算找雲逸和紫霞出門玩個幾天，當然能夠約到小夢的話，那就更加美妙了。

越翻越讓我期待暑假的到來。

鬧哄哄的教室內，只剩我一個人在座位上，時不時抬頭看掛在黑板上的時鐘，確認高三的畢業考結束了沒。等等我要去送水和點心，畢竟四姊和五姊根本沒空離開座位，她們一定會努力寫到規定時間的最後一秒吧。

我的面前突然出現一道身影，她雙手圈起我的頭，兩個拇指同時揉著我眉間。

「看你一直皺眉頭，小心抬頭紋啊。」小夢的柔軟力道讓我舒服得差點閉上眼。

「我家兩位姊姊今天畢業考。」我老實交代皺眉的原因。

可惜快樂的時間總是特別快結束，她的拇指離開我的眉，拍拍我的肩膀，安慰地說：「只不過是畢業考，不會有問題的。」

小夢說得對，畢業考只不過是一個拿到畢業證書的程序罷了，能不能考上好大學，還要看指考的發揮。

可能是牧羊犬的身分作祟，害我擔心得太早，還不如專注在暑假的旅行上，況且小夢就在我面前，此時不邀更待何時？

「妳暑假有……」

「你放學有空嗎……咦？」

我們竟然在同一時間，問了相近的問題。

「有空。」這次倒是我搶先回答。

「那太好了。」小夢朝我比出一個讚，欣喜道：「我有東西要送給你。」

東西要給我？為什麼不能現在給呢？我的頭頂冒出兩個虛擬的大問號，於是我開口問：「祕密禮物？」

「不是什麼祕密。」她左右看了看附近，確定五公尺內沒人，用說祕密的口吻說：「我們上次去宜蘭玩的照片啊，我整理好了，一共有兩組相片，一組給你，另一組麻煩替我轉交給皇玲姊。」

「照片用網路傳不是比較方便呢？」

「可是當畫面化為現實重現，卻是螢幕無法表現出來的呀。」

「直接給我不就好了……為什麼要等放學？」

「相片加相簿很大一盒，在同學們面前拿給你，太不好意思了。」

「嗯。」

我應了聲，從抽屜拿出餐盒站起來，告訴小夢我餵食姊姊的時間到了。她輕輕笑著，要我轉告四姊和五姊考試加油。

老實說，最近的怪事太多，我已經分辨不出小夢剛剛的輕笑是不是有些奇特。難道是什麼氣候變遷或是太陽黑子作祟，讓全天下的女生都荷爾蒙錯亂，要不然為什麼一個一個像是藏有什麼心事，笑也笑得不真切？

抵達高三教室，我送餐給四姊和五姊時發揮牧羊犬的認真性格，一而再、再而三地確認她們沒有任何問題，連點心都是當我的面前吃掉，不管是精氣神各方面統統過關，才抱著更多的困惑離開。

等到放學，高三的畢業考也宣告結束了。

我悄悄地吐出一口氣，慶幸沒任何意外發生，刻意坐在位子上等所有同學離開。小夢和我的動作幾乎一模一樣，假裝在整理書包和抽屜，直到教室已經沒有其他人，我們才相視一笑。

「一袋給你、一袋給大姊。」她果然提了兩大袋的方盒過來，光是放相簿的方盒就很精緻，這禮物貴重到我不太好意思收。

「你再露出一副不好意思收的表情，小心我揍你喔。」小夢掄起小小的拳頭，沒半點恐嚇意味，反而非常可愛。

「我替大姊跟妳說謝謝。」我乖乖收下，提在手上，沉甸甸的，「下次來我家吃飯吧。」

「你要煮嗎？」

「呵呵，妳敢吃嗎？」

「為什麼不敢？」

「通常都是我家五姊下廚，不過因為是妳，我要特地去學一道菜。」

「喔喔，好有誠意的狂龍。」

說說笑笑中，我們背好書包，關上燈和門窗，打算一起走到校門口再分開回家。

一個上學日就在溫馨又和諧的對話中結束，明天雖然還要上課，但是畢業考已經結束，我反而能沒有負擔地讀自己的書。畢竟高一和高二的期末考就要來了，督促四姊、五姊讀書比自己讀還累啊。

「狂龍，這次期末考的化學科目，你都準備好了嗎？」與我並肩走在川堂的小夢問。

「怎麼可能，不過透過我專業的精算，這次化學只要四十分，就能夠低空飛過了。」我的成績不算好，卻極少被當。

「哇，有什麼祕密武器嗎？」

「因為第二章實驗操作的分數，老師給的比重很高，所以實驗課，我就超級無敵霹靂雷霆認真……」

說到一半，才一隻腳踏出校門，後方的校園立刻傳來令我熟悉到不行的廣播聲，我馬上感到大事不妙，所有的壞預感，都會在此時此刻化為現實——

「請高三生李香玲立刻到導師辦公室一趟，重複，請高三生李香玲立刻到導師辦公室一趟！」

我沒有回家，拔腿就往導師辦公室跑。

五姊比我早到一步，對她破口大罵的人正是曾經被我炸掉機車的瘋后。

不過瘋后是我們班的班導，只是五姊班上的英文老師，沒有道理在班導不在的情況下，直接找學生過來痛罵。更何況五姊向來是品學兼優的乖寶寶，高中三年即將畢業，大概是第一次被當眾指責。

還好現在是放學時間，導師辦公室內大部分的老師都已經下班，所以我躲在窗戶邊偷看，到現在還沒被發現。

只見五姊整個身子縮起，滿臉通紅不敢說話，她的臉皮很薄，不像我被罵幾百次也沒差啊。

我把書包和小夢給的禮物塞在窗邊，假裝若無其事地走進導師辦公室，手上拿著幾張小考考卷，偽裝成要找老師問問題的模樣，只希望能夠更接近她們，我才能知道瘋后發怒的原因是什麼。

「你！李狂龍，來得剛好！過來、過來。」瘋后一看見我，立刻高聲呼喊。

這樣更好，我連偷聽的步驟都省略。

「老師，有什麼事嗎？」

「我打你家電話沒人接，給我李皇玲的手機號碼，快點！」

這句話透露出很多訊息，第一、三姊在家，不可能沒人接；第二、五姊怎麼可能不知道大姊的電話號碼；第三、什麼事情嚴重到要聯絡大姊？

「老師，其實我手機剛好沒電，所以也沒有大姊的電話。」我不卑不亢地說。

瘋后冷笑道：「真巧啊，你們姊弟的手機都剛好沒電。」

「請問有什麼急事嗎？我可以立刻用辦公室的電腦充電。」

「你看看就知道了。」瘋后拿出一張考卷，上面滿滿都是紅色的批改，「我教書二十幾年，第一次有人英文考成這樣，這種分數是能看嗎？」

因為她氣到手抖的關係，我看不清楚分數，況且，只不過是英文考差，真的有需要大費周章找人來罵，甚至還要聯絡家長？這瘋后又再小題大作了。

「是幾分呢……我看不清楚。」

「是零鴨蛋的零！零分啊！」

瘋后大吼，我立刻轉過頭看向五姊，但是她不敢抬頭，一雙手捏著自己衣襬，臉紅到快要滲出血液。

「老師，這其中一定有什麼誤會。」我趕緊緩頰地笑道：「我們家五姊每次考試都是全校前一百名，零分這種事情根本是天方夜譚，會不會是搞錯考卷？呵呵……誤會，絕對是誤會。」

「誤會？上面明明白白寫『李香玲』三個字，會是我誤會？」瘋后更氣了，而考卷上的確有五姊的名字。

「一定是有人陷害，在零分考卷上填我五姊的名字，然後把真正的考卷掉包了。」我一團亂的腦袋轉得飛快，「還有一種可能，就是不小心跳題填答，其中有一格沒寫到，才導致後面的答案統統寫錯地方，對，這最有可能。」

「是這樣嗎？李香玲？」我的解釋似乎有點說服瘋后，她垂下雙眉，語氣和善許多。

「一定是的，請老師給我家五姊一個重考的機會，這嚴重的意外，就要害她英文被當，真的太不公平了。」我急到想在導師辦公室裸奔。

「是嗎？香玲？為什麼不回答？」瘋后的口吻又逐漸嚴峻。

我恨不得去搖醒五姊，這答案非常好回答，就算是因為沒讀書才考零分，此時也要鄭重地說是粗心填錯啊！

「……是我自己沒讀書，對不起。」五姊幽幽道。

喔喔喔喔喔喔喔喔喔喔喔喔喔喔喔喔！我要燒起來了啊！英文被當這種事，要是讓大姊知道會出人命，我身為一條牧羊犬，就算壽命不長，但也不希望等等回家就死啊！

「不是……剛剛是我五姊胡言亂語，呵呵，老師就當作沒聽見吧。」我狗腿地笑了笑，「請再給她一次補考的機會，我五姊一定會用盡生命的力量讀書……」

「李狂龍……」瘋后面無表情。

「老師，拜託了！」我彎腰鞠躬。

「你還不懂……問題究竟是出在哪嗎？」瘋后意有所指地將五姊的英文考卷給我，「自己看看，然後打電話叫李皇玲來吧。」

我一頭霧水地接過，睜大雙眼看五姊的考卷，雖然題目我幾乎都沒學過，無法判斷答案的正確與否，但是瘋后不至於在考卷上做手腳，所以一個又一個怵目驚心的X讓我覺得……讓我覺得……

很不可思議啊！

英文考卷有一半是選擇題，就算用猜的也不可能零分，全部猜C至少也有個二十分吧！

我突然懂瘋后的意思了……

「所以妳明明都知道答案，卻故意全部選擇錯誤的選項？故意考零分？」我問五姊，她窘迫地直搖頭，但是半晌無法反駁。

「不只如此。」瘋后直截了當地說：「因為你姊姊之前的成績太高，所以畢業考一定要零分，才能把英文總成績拉低到六十分以下。」

「……」我啞然無語，彷彿眼前天地異變。

「還不趕快打電話。」瘋后說。

我用呆滯的雙眼詢問五姊，這到底是為什麼呢？刻意讓英文被當到底有什麼意義？

然而五姊只是搖頭，讓長長的髮絲如波浪跳動，遲遲沒有一個解釋。

我們姊弟就這樣互相凝視，空氣像是要凍結了。

「喂，你們別發呆呀，還不叫李皇玲過來，我要當面問問她，自己的妹妹是怎麼教的，才能這般輕視考卷、羞辱師長。」

我淡淡地說：「報告老師，李香玲身體不舒服所以需要早退，今天的晚自習無法參加了，有什麼事能不能明天再說呢？」

對於我的語氣，瘋后很不高興地說：「現在讓李皇玲來求我，還有一線重考的希望，等到明天，就沒了。」

「是的，我知道了。」我牽起五姊的手，不管瘋后紫青色的臉，帶她離開導師辦公室。

五姊刻意讓自己的成績不及格，一定是預謀許久了。如果她想要考零分，那讓她重考一萬遍，結果還是零分，所以我得在大姊知道之前，弄清楚五姊到底在想什麼。

誠如大姊所說，這攸關五姊的人生啊。

尾聲

大概是這輩子第一次。

五姊完全不跟我說一句話。

不管我問任何問題，她就是搖著頭走開，不停地閃躲我。

這和之前因為生氣所以不說話的情況不一樣，我看得出來她有很多事想告訴我，不過卻統統塞在喉嚨內，連一個音都發不出來。

另外一位高三生四姊，她一回到家就將自己鎖在房間內，任由我敲門呼叫都沒用，拿出蛋糕、點心引誘也是一樣，這對雙胞胎姊妹竟然同時拒絕和我聯絡。

現在的情況是最高層級的紅色警報，可是等到大姊下班，我卻無法開口報告，內心深處總是覺得五姊會刻意考零分一定有其道理，我應該再等等。

要是讓大姊知道的話，五姊會被狠狠揍一頓，成為李家自我、二姊、四姊之後，第四位被大姊修理的人。

不行，無論如何我都要阻止慘劇發生，但是我想不出任何方法阻止。

一整夜我都睡不著，五姊也是，翻來覆去都沒睡。我們兩個在天還未全亮之前起床，各自準備去上學，等早餐在一片寂靜無人聲的尷尬氣氛中結束，她就和四姊趁我在大便的時候偷跑出門，連和我一起搭公車都不願意。

我沒招了。

直接推開三姊的房門，現在能給我答案的智者就只有她。

但是我萬萬沒想到，就在我把整個來龍去脈說清楚後，三姊只幽幽地說出一句話。

「真是一對傻瓜雙胞胎和一個笨蛋弟弟，唉……」

就這樣，得到傻瓜和笨蛋一組同義的關鍵字，但是我根本參不透。正要追問的時候，三姊已經將我推出房門，催促我快點去上課了。

一整天我都心不在焉，等到第七節課完，我和雲逸就直接離開學校，兩個人一起搭捷運到臺北市的西門町附近吃吃喝喝。雲逸這個死黨有個最大的好處，知道我心情不好，連問都沒問，約他去玩總是一口答應，沒有半句推託和廢話。

可是該面對的仍然要面對，我和他說聲「謝了」，還是得回家，繼續過被四姊和五姊無視的生活。

我刻意讓自己很疲憊，打算什麼都不管，一回到家就洗澡刷牙，直接躺上床呼呼大睡。

不過事情的發展總是會超乎我的意料之外，宇宙主宰最愛跟我開這種荒唐的玩笑。

我一打開自己的房門，甚至連書包都還沒放下來，就看見五姊又哭又笑地撲倒我。

「龍龍，我成功了！」

「怎麼回事？」

我抱起五姊，將她放在床上，同一時間坐在我書桌前的四姊趴下來開始哭哭啼啼。

五姊攤開自己的考卷，八張，清一色都是零分，我的臉都綠了，這是要被留級的節奏啊！

「妳、妳瘋了嗎？全部零分!?」

「是的，這樣所有科目都是不及格了！」

五姊擦擦歡欣的淚水……這歡欣是怎麼回事？全部零分的慘狀，已經要降半旗來哀悼了啊！

「到底是……為什麼呢？五姊，妳這麼努力讀書，結果在畢業考全部毀掉，這究竟是在幹麼？難道妳想要留級，和我一起讀高二嗎？」

「是的，我想和龍龍一起讀高三！」

「神、神經病，和我一起讀高三幹麼？妳都沒想過大學有多重要？妳都沒想到大姊有多生氣？拜託妳能不能告訴我，妳為什麼這麼任性！」

「因為我是個姊姊啊！」

「……」我真的被這句話轟殺，完全無法回應。

「龍龍讀國三，我讀高一，就已經難過一整年了，這一次、這一次……就讓我任性吧……」

「……」我是應該感動地哭，還是痛苦地哭呢？

「嗚嗚嗚……嗚嗚嗚……」反倒是四姊哭得像幼稚園的學生。

「……妳該不會也統統零分吧？」我轉身問四姊，兩個姊姊都出紕漏，大姊真的會將我涮來吃啊。

「我都五十幾分……嗚嗚嗚……嗚嗚嗚……」四姊依然趴在桌上，被撕毀的考卷散落一地。

我鬆了一口氣，平均都有五十幾分的話，再慘也不至於超過二分之一的科目被當，那四姊應該能順利畢業，取得參加指考的資格了。

「嗚嗚嗚……為什麼我這麼衰，為什麼是我……為什麼……」四姊悲嗆地吶喊。

「唉，四姊別難過，只要能順利畢業就好，畢竟指考才是最終戰場，畢業考只不過是熱身而已，看開點吧。」我柔聲安慰，但腦袋一片空白，八科零分的震撼力太強了。

五姊也很難過地說：「四姊，我就說一定要認真讀書啊。」

妳八科零分的人，說這種話好嗎？我還在困惑之間，五姊繼續說了。

「光靠用猜的，萬一運氣太好，就會不小心猜到太高分呀。像我認真讀書，每個答案都確認一定是錯誤，才能夠保證拿到零分。」

……妳完全搞錯認真讀書的真諦了吧！

「嗚嗚嗚……以前猜就只有二十幾分，誰知道、誰知道這次運氣太好……不對，是運氣太差才對，害我考五十幾分，這樣、這樣一定會畢業的，怎麼辦？我才不要一個人畢業……嗚嗚嗚嗚……早知道就全部都交白卷算了，這樣一定會零分啊……嗚嗚嗚……」

「八科都交白卷，一下就會被識破是故意零分了。」

「嗚嗚嗚……那怎麼辦？」

宇宙主宰，你還是讓我死吧。

因為我懂了！她們之前表現出很焦慮的模樣，都是為了實行留級的計畫。

靠，我真的要無語問蒼天了。

「已經來不及……唉，四姊好可憐喔。」五姊似乎被順利畢業的哀傷感染，也漸漸難過起來，「我以後會跟龍龍去大學探望妳的。」

「嗚嗚嗚……我不要我不要我不要……」四姊懊惱地跺腳。

我真的沒辦法因為能畢業而安慰她，就正常的邏輯來說，五姊的問題絕對比四姊嚴重百倍，高中留級是絕對不能接受的事。

「五姊，明天我們去跪求所有科目的老師，請他們看在妳過去成績優良的分上，再給一次重考的機會，我相信只要夠誠懇，他們一定會答應。」我走到四姊身邊，摸摸她的頭髮，很嚴肅地對五姊說。

「才不要，龍龍知道我為了確認每科都零分一共檢查多少次嗎？」

「……」

「好不容易才拿到的零分，我是絕對不會放棄的！」

「……」

「我要睡覺了，龍龍晚安。」

五姊鬧脾氣似的也不管身上制服還沒換掉，直接拉上棉被要睡覺，擺明就是不願意與我對話。

我只能使出大絕招了。

「妳們難道都不怕大姊生氣嗎？」

頓時，五姊抖了一下，四姊收起哭聲，大姊威儀尚在，宵小姊姊們豈敢放肆。

「龍龍……」五姊在棉被內怯聲道。

「知道要怕了吧。」

「可不可以……替我去跟大姊說呢？」

「妳休想啊啊啊！」

五姊立刻掀開棉被，坐起身子，水汪汪的大眼內都是呼之欲出的委屈眼淚，嘴脣微微嘟起，彷彿受到多不公平的待遇，整個人散發出一種名為惹人憐愛的荷爾蒙。

「不要以為裝可憐就有用，五姊……妳真的不要用……」

我話還沒說完，五姊的眼淚灑出眼眶，沾溼了長長的睫毛，滿臉緋紅，雙手合十，可憐兮兮地呼喚。

「龍龍……拜託拜託嘛……」

非常遺憾，我垂下頭沒臉面對她們，因為這招……

對我真的有用啊啊啊啊啊！

法律應該明文禁止姊姊惡意賣萌才對。

面對大姊，我應該開始思考，怎麼樣才能死得比較不痛。

昨晚猶豫整天，腦袋中設計出超過一百種說詞和藉口，可是面對大姊根本沒用。不管雞再怎麼掩藏，始終都會被狼吃掉。

這是自然界的不變定律，弱肉強食啊。

目前我只能設法將責任都推到自己身上，比如說是我干擾五姊讀書，或是我睡姿太差害五姊每晚都睡不好，所以成績才會一落千丈，統統都是我的不好，希望大姊一時氣瘋，在揍我之際會忘記每科都零分的事。

在課堂中，我一手撐著臉頰，完全無心於黑板，整張臉都看向窗外，腦袋裡一片混濁，跟死人的眼珠顏色一樣。

還是我也學五姊賣萌裝可憐那招，雙手合十，奶聲奶氣地對大姊說，「大姊，拜託拜託嘛」，不知道會不會有效果。

唉唉唉唉唉唉……絕對不能再拖下去，要是讓大姊收到成績單，那就沒有挽回的餘地了，我的時間頂多還有四十八小時左右，好不容易元希和戀鬥社的事告一段落，三姊也擺脫陰霾，重新振作起來準備去考大學，沒想到五姊又給我搞這齣……

大姊大姊大姊大姊大姊大姊大姊大姊大姊啊，要怎麼樣才能讓妳不生氣呢？

我已經苦惱到產生幻覺，居然看到大姊走過窗外的走廊……唉，再這樣下去，我真的要去看精神科。

「欸。」坐在前面的雲逸突然轉過來叫醒我，「剛剛是你大姊嗎？」

「……」這下靠北了。

「她怒氣蒸騰、殺氣滿布是怎麼回事，害我想起上次被她用掃把修理……」

「老師！」我猛然站起身，「我要去大便！」

講臺上的老師用看到排泄物的表情要我趕快去，不要打擾大家上課。我以十分抱歉的表情捧著肚子就往外衝去，目的地當然不是廁所，而是跟蹤可怕的大姊。

果然情勢朝最惡劣的狀況發展，明明是遍地金色陽光的夏日，我竟然感到陰冷。大姊的高跟鞋踩出鋒利刺人的噠噠聲，一路朝導師辦公室而去。

我不敢離太近、也不敢離太遠，終於到達終點而沒被發現……

「弟弟，跟我一起進去吧。」

「……是、是的。」

沒被發現才有鬼，為什麼我會有瞞過大姊的錯覺？我太天真了。

跟在大姊屁股後面，果然是瘋后終於聯繫上大姊，而五姊早就已經在罰站，等待著不能善了的後果。

「香玲，為什麼考成這樣子？」大姊劈頭就問，長髮隨氣流擺動。

五姊不敢說話，十指互相搓揉，用求救的眼神看我。

既然答應要幫忙，我硬著頭皮說：「大姊，是我這陣子打擾五姊讀書，才導致……」

「弟弟，我是在跟你說話嗎？」

「……」我差點就跪了啊。

「從小到大就妳最讓我安心，為什麼在畢業之前，會出現八科零分？」大姊繼續冷冷地詢問五姊，冷到比辦公室的冷氣還冷。

五姊只是搖頭。

「連金玲的成績都能順利畢業，香玲，這次妳讓我很失望。」大姊的眼神難過還大於責備，頓了頓之後，才緩緩地說：「從今天開始，不准妳再做任何家事，把所有心思都放在課業上。」

「大姊……」五姊全身顫抖，想要抗議但又不敢。

「如果還不能讓妳覺悟，那就搬來主臥室跟我睡吧。」大姊不忍地看向他處。

「不行！我才不要！」

「妳是在頂嘴嗎？」

「……我是故意考零分的，因為我要照顧龍龍到高中畢業啊，要是我先去讀大學，還有誰能照顧弟弟？」

「沒錯，我真的很需要照顧啊！」我不能再沉默了。

「李狂龍，你快十八歲還要姊姊照顧？可不可恥啊。」一旁的瘋后冷言冷語。

「我超可恥，我一定要五姊陪我讀書。」對我而言被羞辱根本不重要，重要的是全力護住五姊，讓大姊息怒。

「老師，抱歉，今天我要領弟弟、妹妹回家，明天我一定帶他們登門道歉，不知道老師能不能高抬貴手。」大姊對瘋后相當客氣，客氣到讓我毛骨悚然。

「回去吧，妳身為他們的監護人，要好好管教弟弟妹妹。八科零分已經是創校最差成績，前無古人、後無來者，連李金玲的成績也不好，這樣下去只能考上三流大學。」瘋后酸溜溜地說：「我知道妳沒讀大學，依然混得不錯，但是此時非彼時，世代不同了啊。」

我雙拳緊握，在想瘋后最近是用什麼交通工具上班。

不過大姊一隻手按在我的肩，刻意笑笑地說：「的確是我沒教好弟妹，讓老師操心了。」

眼見大姊沒被激怒，瘋后自討沒趣地說：「都回去吧，我只是不希望有學生自甘墮落。」

大姊沒說再見，像母雞帶著小雞，率先轉頭，準備離開導師辦公室。我跟在五姊旁邊，看見她宛若做錯事的小孩，垂下肩膀，滿臉愁容，應該是擔心大姊的懲罰吧。

我暗暗做下決定，要是回到家，大姊要動粗的話，無論如何我也要用肉身阻擋，畢竟大姊的怪力太可怕，嬌柔的五姊根本受不了幾下。

正當我心中忐忑不安，忽然間，導師辦公室揚起緊張的雜音。

大姊停下腳步。

我和五姊停下腳步。

隔壁班的體育老師在門前大喊著。

「操場司令臺失火啦！消防車還沒來，有空的人先去支援救火！」

身後的瘋后站起來，朗聲問：「好好的，怎麼會失火？」

「一個魔術社的社員不知道在進行什麼演練，結果出了大錯，化學物品打破，就整個燒起來了。」體育老師隔空大喊：「快聯絡該名學生的家長來，好險現在操場沒人，所以沒人受傷，不過責任還是要追究。」

「學生的名字？」瘋后已經翻開學生名冊。

「李金玲，高三的。」

我猜，我就算豁命也擋不住大姊了。

四姊絕對沒有想到，她的家長此時恰好在學校。

好險當時操場上沒有人。

好險司令臺只是被烤得焦黑。

大姊帶著四姊到處低頭認錯，她這輩子說過的抱歉，統統加起來恐怕沒今天說得多。

不過道歉歸道歉，該要賠償的還是得賠，訓導處因為四姊在校內縱火忙得不可開交，學校附近的住戶都嚇死，無數通電話打來學校和打去報案，聖德高中一團混亂。

訓導處主任已經說了，要開學生獎懲會議，四姊最少兩個大過以上，這樣一來，操行成績絕對不夠六十分，李家繼五姊八科零分留級之後，再出四姊操行太低被留校查看。

我們李家絕對可以成為聖德高中最不可思議的傳奇，沒有之一。

在客廳。

下午五點四十分。

應該是一家和樂準備吃晚餐的時間。

四姊和五姊瑟瑟發抖地跪在客廳中間，原先擺在此地的桌子已經被大姊整個掀掉，可憐地倒在一旁。

大姊坐在沙發上，頸邊浮起青筋，一副就是準備要揍人的模樣。

三姊和我站在客廳和餐廳的交界，隨時要衝入場中救人。

氣氛壓抑到快要無法呼吸，我在想要是大姊突然動手，從這個距離撲過去不知道來不來得及。尤其是四姊，因為不想畢業而燒掉司令臺這種事，我相信沒有半個家長能夠接受。

「妳們，給我一理由。」大姊沉聲問。

「大、大姊……我、我真的不是故意……真的不是……是我手滑，才不小心燒掉……對不起……」

「停止，說謊！」

大姊勢力萬鈞的一喝，四姊雙肩一縮，已經哭了出來。

「我……我們不會再犯了。」五姊歉然道。

「妳們姊妹既然都不愛讀書，要不然就休學吧。」大姊一字一句說出懲罰。

四姊和五姊連忙搖頭，表示自己很熱愛上學。

「我還沒有感受到妳們真正的歉意。」大姊正在氣頭上。

「「對不起，不會再犯了。」」四姊和五姊同聲說。

「我還沒有感受到妳們真正的歉意。」大姊再說一次，但語氣更火。

一旁的三姊急得揪住我的手，對她們說：「不把真正的原因說出來，怎麼算是道歉呢？快點說呀。」

「……我、我是因為，」五姊咬緊下脣，鼓起勇氣坦白，「想跟龍龍一起畢業。」

「我也是……我才不要一個人去讀大學……」四姊擦擦眼淚，哽咽地說。

「妳們因為弟弟的關係，所以搞出這麼多的花招？」大姊雙眉一鬆，可是眼神黯然，「難道妳們都沒考慮過，我對妳們有多少期待？」

四姊和五姊面面相覷，一時羞愧得說不出話。

「香玲，我原本還想，今年成績出來，安排妳到日本或歐美最好的大學讀書，看能不能弄個超棒的學歷回家，讓我可以在瘋后面前炫耀，掙脫李家大多不愛讀書的窘境，還有……金玲，我知道妳不愛讀書，但是只要熬到高中畢業，妳要選一個表演方面的專業學校，或是擁有頂級魔術社的大學也行，只要快快樂樂地朝妳的興趣發展就可以，但是現在都延期了……白白糟蹋人生寶貴的時間。」大姊語重心長的一番話讓我很感動。

有大姊的我們，真的很幸運。

「照顧弟弟，是我最快樂的時候……不算是白白糟蹋……」五姊低聲說。

「我想要監督弟弟……不然、不然年輕的高一女生進來，他一定馬上就會犯罪的……」四姊支支吾吾。

妳們現在還敢反駁大姊？就乖乖認錯，不要再解釋了啊！

不只是我，就連三姊也緊張到雙腳併攏，大腿夾緊摩擦。

「妳們！」

大姊拉高音量，忽然揚起手，四姊和五姊不敢躲，但身體仍反射性地縮成一團。

沒有經過思考，我的身體自動反應，跨出步伐往前一衝，準備用擒抱的方式撲倒大姊。

不過大姊是怪物啊，我從她的側面衝過去，卻被一個後仰閃掉，害我跌了一個狗吃屎，趕緊重新爬起，但絕對來不及阻止了。

「大姊！不行……」

在我的怪叫聲中，大姊一雙手各自放在四姊和五姊的頭頂上……

愛憐地摸了又摸。

「真是一對笨蛋雙胞胎呢。」

餘悸猶存的四姊和五姊只是傻乎乎地抬頭，望向那雙無比溫柔的手。

「我討厭妳們闖禍，但妳們卻是最好的姊姊，所以我能理解愛護弟弟的心意有時候難以控制。」

「大姊……嗚嗚嗚嗚……」五姊放聲大哭，直接撲進大姊懷中。

「……這樣、這樣就原諒我們了？」四姊嚇到忘記要哭。

「傻瓜，我也是妳們的姊姊啊。」

大姊一把也將四姊摟進懷裡，無奈地笑了。

事情竟然是這樣發展！我和三姊隔空交換一個眼神，在相互的詢問之間，彼此都知道對方沒有答案，最後也只能鬆一口氣地苦笑，算是慶祝四姊和五姊平安生還。

「重新讀一年高三，妳們的成績一定要比今年更好，能夠做到嗎？」面對大姊的問題，這對雙胞胎邊哭邊點頭。

「還有弟弟跟妳們同一個年級，有辦法代替我督促他好好讀書嗎？」

……大姊，妳們姊妹情深沒關係，但是不要挖坑給我跳啊！

「可、可以……嗚嗚嗚……我會讓龍龍很認真……」五姊，妳不要隨便答應啊！

「我一定會讓他……讓他連看女同學都不准的……嗚嗚嗚……」四姊，妳不要胡亂加碼啊啊啊啊啊！

大姊輕撫著自己妹妹們的背，若有所思地說：「也是，年輕的高一女生進來，弟弟必定會被影響。」

「……」我目瞪口呆。

「我想辦法跟主任講講，看妳們能不能安插進弟弟的班級吧。」大姊這番話真有如晴天霹靂，震得我渾身發麻。

為什麼五姊八科零分、四姊火燒司令臺，結果，唯一被懲罰的人是我？

為什麼一聽到大姊這句話，四姊和五姊立刻破涕為笑，整個家只有我在哭呢？

我終於能夠理解為何老爸要遁入空門了，因為李家的環境真的很不適合男性生存。

李狂龍，今年十七歲，在經過一連串的挫折和厄運之後，明年即將升上高三，但是因為兩個姊姊留級的緣故，我想明年大概也沒有和異性接觸的機會了。

我真的很想吶喊。

有兩個姊姊當同學的我就註定要……

「等一等！」三姊猶如正義使者的化身，終於跳出來替我主持公道，「這樣不太公平，弟弟有自己的書要讀，妹妹們也有自己的書要讀，每個人的專長都不一樣。弟弟可能是理科比較厲害，五妹可能比較擅長文科，所以把弟弟妹妹們放在同一個班級似乎不太好……」

嗯，在場已經沒有人聽得懂她在說什麼了，就連三姊自己也越說臉越紅，音量也越說越小，不過沒關係，這統統沒關係，重點是她在替我說話吧？對吧？

「畢竟明年我們家有『四』位考生嘛……所以……所以這個……」三姊已經快要過熱當機了，但是我和四姊及五姊還是抓不住她真正想表達的意思。

大姊淺笑道：「三妹也想去上學嗎？」

「我？不不不，我不是這個意思，我都畢業一年了，再回高中真的太……」

「如果用旁聽生的身分呢？」

「我沒這個意思……不是這樣……我、我……這太丟臉……」

「如果可以的話，想回聖德讀書嗎？」

「……我、我是……這……」

「嗯？三妹？」

「可、可以跟弟弟和妹妹們……同班嗎……」

我現在的表情跟被卡車輾過腳掌差不多。

「我盡力吧。」大姊燦笑，同時四姊和五姊也笑了，三姊在嘲笑聲中尷尬地撇過頭去，像是在強忍荒誕的笑意。

客廳內本該發生的戰爭居然在所有姊姊的笑聲中劃下句點，似乎除了我以外，其他人都沉浸在某種家庭溫馨的劇情當中而無法自拔，難道她們都不能替我想想嗎？

帶三個姊姊去上課，這畫面能看嗎？這種戲還有人要追下一集嗎？

如果我的人生是一本小說，而宇宙主宰是作者的話。
我一定會殺掉該死的作者吧！
最後，請容我以一位弟弟的身分說一句話——
「有三個姊姊當同學的我就註定要精神崩潰了啊！」

註1：請勿輕易嘗試，此內容純屬作者瞎掰。
註2：請勿輕易嘗試，此內容純屬作者瞎掰。
註3：因為很重要，所以我要特地再重複一次，請勿輕易嘗試，此內容純屬作者瞎掰。

浮文字

有五個姊姊的我就註定要單身了啊04

著　　者／啞鳴
發 行 人／黃鎮隆
總 編 輯／洪琇菁
執行編輯／陳善清
企劃宣傳／邱小祐、劉宜蓉

封面插畫／迷子燒
副總經理／陳君平
國際版權／黃令歡
美術編輯／李政儀
內文排版／謝青秀

出版／城邦文化事業股份有限公司　尖端出版
台北市中山區民生東路二段一四一號十樓
電話：(〇二)二五〇〇七六〇〇
傳真：(〇二)二五〇〇二六八三
E-mail：7novels@mail2.spp.com.tw

發行／英屬蓋曼群島商家庭傳媒股份有限公司城邦分公司　尖端出版
台北市中山區民生東路二段一四一號十樓
電話：（〇二）二五〇〇—七六〇〇（代表號）
傳真：（〇二）二五〇〇—一九七九

北部經銷／祥友圖書有限公司
電話：（〇二）八五一二—三八五一
傳真：（〇二）八五一二—四二五五

中部經銷／高見文化行銷股份有限公司
電話：〇八〇〇—〇五五—三六五
傳真：（〇二）二六六八—六二二〇

雲嘉經銷／智豐圖書股份有限公司　嘉義公司
電話：（〇五）二三三二—三八五二
傳真：（〇五）二三三二—三八六三

南部經銷／智豐圖書股份有限公司　高雄公司
電話：（〇七）三七三—〇〇七九
傳真：（〇七）三七三—〇〇八七

一代匯集／香港九龍旺角塘尾道六十四號龍駒企業大廈十樓B&D室
電話：（八五二）二七八三—八一〇二
傳真：（八五二）二七八二—一五二九

新馬經銷／城邦（馬新）出版集團Cite (M) Sdn. Bhd.
E-mail：cite@cite.com.my
大眾書局（新加坡）POPULAR（Singapore）
E-mail：feedback@popularworld.com
大眾書局（馬來西亞）POPULAR（Malaysia）
E-mail：popularmalaysia@popularworld.com

法律顧問／元禾法律事務所
台北市羅斯福路三段三十七號十五樓

二〇一四年十二月一版一刷
二〇一七年七月一版七刷

■中文版■

郵購注意事項：
1. 填妥劃撥單資料：帳號：50003021戶名：英屬蓋曼群島商家庭傳媒(股)公司城邦分公司。2. 通信欄內註明訂購書名與冊數。3. 劃撥金額低於500元，請加附掛號郵資50元。如劃撥日起 10～14日，仍未收到書時，請洽劃撥組。劃撥專線TEL：(03) 312-4212 ・ FAX：(03) 322-4621。E-mail：marketing@spp.com.tw

國家圖書館出版品預行編目資料

有五個姊姊的我就註定要單身了啊04 / 啞鳴 作.
—初版. —臺北市：尖端出版, 2014.12
冊 ; 公分
ISBN 978-957-10-5800-9(平裝)

857.7　　103009635